dtv

Vom Denken und vom immerwährenden, ungeschaffenen Kosmos schreibt Botho Strauß in flüchtigen, sich stets wiederholenden Reflexionen. Er versucht einen Kosmos zu denken, der ohne Anfang und Ende auskommt. Die Steady-State-Theorie von Fred Hoyle ist ihm dazu kongenialer Ansatz. Von der Vorstellung, daß die Welt keinen Anfang im realen Sinne habe, wird der Begriff des Anfangs überhaupt und mit ihm jede zeitliche Gliederung in Frage gestellt. Mit dem Anfang verschwindet auch die Ursache, und jedes lineare Denken wird außer Kraft gesetzt. Fleck und Linie im Untertitel symbolisieren Chaos und Vernunft. Welcher von den fast 250 Textblöcken am Anfang stehen soll, ist – fast – willkürlich. Die Überschrift jedenfalls, ›Der sterbende Anfang‹, findet sich auf Seite 35. ›Beginnlosigkeit‹ ist keine Fabel, keine Erzählung, dennoch wird der Leser vom Anfang bis zum Ende von Motiven und Teilstrukturen begleitet. Botho Strauß geht es darum, so Lutz Hagestedt in der ›Süddeutschen Zeitung‹, »neue Gedankenfelder zu erschließen, abseits der ausgetretenen Pfade zu denken und neue Bilder für dies Denken zu finden«.

Botho Strauß, am 2. Dezember 1944 in Naumburg/Saale geboren, war Redakteur, Theaterkritiker und später dramaturgischer Mitarbeiter an der Schaubühne am Halleschen Ufer. Lebt in Berlin.

Botho Strauß

Beginnlosigkeit

Reflexionen
über Fleck und Linie

Deutscher Taschenbuch Verlag

Ungekürzte Ausgabe
Juni 1997
Deutscher Taschenbuch Verlag GmbH & Co. KG,
München

ISBN 3-446-17112-6
Umschlagkonzept: Balk & Brumshagen
Umschlagbild: ›Baumstamm dithyrambisch‹ (1966)
von Markus Lüpertz
Gesetzt aus der Stempel Garamond 10,5/12˙ (WinWord 7.0)
Gesamtherstellung: C.H. Beck'sche Buchdruckerei,
Nördlingen
Gedruckt auf säurefreiem, chlorfrei gebleichtem Papier
Printed in Germany · ISBN 3-423-12358-3

Aufgerichtet im windgestreiften Zelt, das durchscheinend weht wie ein Gewand aus leichtem Zindel, mit zuckenden, geblähten Flanken, klappenden Borten, an das Rohrgestänge des Eingangs gestützt mit erhobenem, angewinkelten Arm, den Knöchel des rechten Mittelfingers zwischen den Zähnen, bis ein Lachen ihr plötzlich den Mund löst, ausgeworfen nach oben, ohne Grund, ohne Gegenüber, ungeachtet auch des Mannes, dem sie den Rücken kehrt, des vollkommen Beigesellten, der ausgesöhnt am Boden schaukelt, die Arme um die Knie geschlungen, auf dem Gesäß rollt und leise vor sich hin summt, ohne Takt und Phrase, ein kleines Rinnsal Töne, das neben der unendlichen Melodie der Sonne, des Winds und des Sands seinen Weg sucht.

In der Ferne tuten die kleinen Signalhörner und melden, daß eine Sprengung in der Schlucht bevorsteht.

Die Neuronenverbände feuern im Gleichtakt, bis zu vierzigmal in der Sekunde, es entsteht eine gleichlaufende Kurve von Sehimpulsen, Wahrnehmung beginnt. Bevor ein Gegenstand sich abzeichnet, bedarf es noch unzähliger Verknüpfungen, synchronisierter Schwingungspakete zwischen den einzelnen Verbänden ...

Seit er überhaupt denken kann, ist er bemüht, sein Denken zu verlangsamen, ihm gewisse Manieren beizubringen, es zu Ruhe und Ordnung anzuhalten. Ohne Erfolg. Es ist von Grund auf liederlich; nicht unbegabt, doch zu nichts nütze. Es ist flüchtig und launenhaft wie die Pubertät eines verwöhnten Sprößlings aus begütertem

Haus. Es sträubt sich beharrlich, irgend etwas geduldig zu prüfen und zu wenden, wirklich zu begreifen und zu behalten; es möchte in einem unentwegten Zustand der Erregung bleiben, in dem ein paar hingesprengte Gedanken einen gloriosen Erkenntnisreichtum vorgaukeln. Mit einem Wort: sein Denken existiert gewissermaßen nur in der Gedankenflucht.

Beim Bekennen, Feststellen, Behaupten zu zweit in einem Hotelzimmer liegt die Hand des perorierenden Mannes erst an der Türklinke, ohne daß die Absicht besteht, das Zimmer zu verlassen, dann fassen beide Hände die Lehne des leeren Stuhls. Die Angesprochene schweigt ausgestreckt auf dem gemachten Bett, am Hinterkopf die Nackenrolle, so daß ihr Kinn aufs Brustbein drückt, die untere Wange faltig und breit wird; die Finger bei aufgesetzten Ellbogen drehen ein Streichholzheftchen hin und her, die gekreuzten Füße spielen mit den Zehen unter dem durchsichtigen Strumpf, während die Hände des Mannes auf der Lehne hin und her fahren, den Stuhl anheben und mehrmals, die Rede skandierend, auf den Boden klopfen, was dem, der ihn nicht hört, als eine Aufforderung an die Frau erscheinen könnte, sich endlich auf ihm niederzulassen.

Alles, was er vorbringt, ist der unausgesetzt vergebliche Versuch, seine Gedanken auf einen einzigen Gegenstand zu richten und daran festzuhalten, nicht nachzulassen in der Frage: Wie kann der Mensch mit der Erkenntnis der absoluten Beginnlosigkeit, die eine Beginnlosigkeit nicht nur der Schöpfung, sondern, davon ausgestreut metastatisch ins Geäder des Bewußtseins, eine Beginnlosigkeit von *allem und jedem* sein muß – wie kann er in einem solchen Erkenntnisstand sich und die Welt erleben und welche Folgen hat dies unweigerlich für alles und jedes?

»All nicht erschaffbar, nicht zerstörbar. Geweb Gewog Gewalt. Kein Anfang, kein Ende. Die Metapher des Ersten und Einzigen, ›Singularität‹, schwindet wie jede andere auch. Kommen und Gehen, Flecken und Hupfer, Wolken und Nebel. Fluktuationen. Nichts beginnt, alles schwebt und weilt. Steady state. Raubt man Gott den Anfang, so bekräftigt man doch nur sein Immerdar! Ewigkeit als das einzige metaphernlose Absolutum. Nicht umbenennbar. Weder durch Das Nichts noch durch Das All. Nicht im Anfang schuf Gott den Anfang, sondern irgendwann. Oder er schuf nie: er ließ geschehen. Er hinderte nicht.«

Unter den astrophysikalischen Modellen der Gegenwart war ihm vor allem jenes ungeheuerlich geworden, das eine konstante Dichte des Raums annahm, eine zeitlose Neubildung von Materie, welche die Leere zwischen den auseinanderdriftenden Galaxien stetig auffüllte.* Hier fand sich kein Platz mehr, weder für ein Nichts noch für ein aus dem Nichts Geschaffenes: der Anfang sei so, nämlich »Im Anfang«, nie geschaffen worden.

So nicht? Wie denn? Aus bewegtem Immerdar. In Tupfern und Hupfern, blobs and hops, in Fluktuationen und Schleifen ...

Er war unfähig, einen solch umstürzenden Gedanken gleichgültig hinzunehmen. Vielleicht, wenn er der Phantasmagorie eines ketzerischen Frühromantikers entsprungen wäre, aber so, wie er nun in der kühlsten Erörterung

* Die sogenannte ›Steady state‹-Theorie wurde zuerst von Fred Hoyle vorgestellt.

der modernen Kosmologen auftauchte, schien es sich um ein neuartiges, hohes Kalkül des Versuchers zu handeln ...

Licht soll es ebenfalls am ersten Tag der Schöpfung nicht gegeben haben. Der Beobachter fehlte, das lichtende Auge. Denn Licht existiert nur für jemanden.* Die elektromagnetische Strahlung an sich ist schwarz. Gott sagte – wann? nicht vor dem fünften Tag, nicht vor der Geburt des ersten Lebewesens: es werde Sicht und schuf das Auge. Das nennen sie den circulus creativus: daß statt *etwas* uns ein chaotisches Wehen von Teilchen und Strahlen umgibt, das erst in der Ordnungszentrale des Nervengeflechts zu Bild, Gestalt und Bedeutung gelangt.

Alle physikalischen Gesetze bedürfen des Beobachters, der sie formuliert. Ein Universum, das den Menschen nicht hervorgebracht hätte, könnte gar nicht existieren. Es wäre Chaos geblieben, universales Allerlei.**

Zweifellos haben wir es hier mit einem harten anthropischen Solipsismus zu tun, bei dem die Rehabilitierung des Menschen – genauer gesagt: des Neocortex – als Krone der Schöpfung unvermeidlich scheint. Mit anderen Worten: wir betun uns nicht, es ist tatsächlich von absolutem Rang, was wir erkennen, wie wir entscheiden. Es ist immer der Königsweg, den der Mensch beschreitet. Gottes einzige Zeugen sind wir.

* Vgl. hier und im folgenden die Arbeiten zu autopoietischen Systemen von Heinz von Foerster, Humberto Maturana, Francisco Varela, Ernst von Glaserfeld u. a., sowie: Siegfried J. Schmidt (Hrsg.), *Der Diskurs des Radikalen Konstruktivismus,* Frankfurt 1987

** John Wheeler, Stephen Hawking

Unser Gehirn besitzt keinen unmittelbaren Zugang zur Welt. Es ist vollkommen auf sich selbst bezogen. Es liefert die selektiven Muster, konstruiert die Modelle und Invarianten, das gesamte evolutionsgeprüfte Programm zur Herstellung einer uns verfügbaren Wirklichkeit. Erkennen hat nicht mit Gegenständen zu tun, es ist effektives Handeln, rastloses Erschaffen. Was wir als bewußte Wahrnehmung empfinden, ist in Wahrheit die Fokuseinstellung des Gehirns auf eigene, in einem bestimmten Augenblick besonders stimulierte interne Prozesse. Isolieren, Auswählen, Scharfstellen, Stabilisieren. Ob ich einen Gegenstand in Betracht nehme, entscheidet eine vorwillentliche Reizung, ein enzymatischer Befehl. Nicht der Gegenstand löst die angenehme Empfindung aus, ihn betrachten zu wollen, sondern eine namen-, bild- und scheinlos streunende Empfindung sucht sich eine Selbsterfüllung, in der ein Gegenstand betrachtenswert erscheint.

Wir sehen, wir reden, wir wissen, wir erinnern, wir arbeiten und rechnen in Wolken und Nebeln. Diese bestehen aus Informationen, und außer Informationen hat Gott nichts geschaffen.

Wir empfangen von der ›äußeren Welt‹ mit jedem sinnlichen Eindruck lediglich einen Impuls unserer Nervenwelt, übertragen ihn in unser Bewußtsein und betrachten bald ein bizarres, bald ein harmonisches Gebilde, das sich nur in jener einzigartigen Sphäre entwikkeln konnte, in der uns von der Welt nichts begreiflich ist als das Selbstgemachte.

So stoßen wir in all unserem gegenwärtigen Wissen immer wieder auf die eine In- und Grundgestalt, allumfassendes Diagramm von Leben und Technik, Uroboros der Rückkopplungsschleife, die herrschaftliche Wahrnehmungsfigur der kybernetischen Epoche.

Alles, was überhaupt ist, geschieht unter der Schädeldecke. Die Welt als Ereignis eines kolossalen Überschwangs in unermeßlicher Enge. Die Leidenschaft der Abgeschlossenheit ist das Medium Gottes wie der Welt. Klaustromania. Reklusiasmus. Das Ich ist nur ein artiger Höfling unter dem absoluten Souverän der Neuronenherrschaft, deren Wahlspruch lautet: Kognition ist alles, die Welt nur ein Etwas.

Da wir alles und jedes unablässig in unseren Modus übertragen müssen und sonst gar keine Welt begriffen, da wir überhaupt nur als pausenlose Weltbild-Erzeuger überlebensfähig sind, ist es kaum verwunderlich, daß Erschaffen und Herstellen, Poesie und Poiesis, als Fortsetzung und Maß des kognitiven Betriebs, zur Menschennatur gehört wie der Flug zum Vogel. Daher auch behauptete einst der Poet seinen Vorrang als der leistungsstärkste unter uns Transformatoren, die wir vom ersten Pulsschlag an eine Maschine der Erfindung sind und vom ersten Gedanken an etwas Unfaßliches zu verkraften haben.

»Und das Bewußtsein ist aus solchem Stoff, wie Dichtung ist.«*

Der gesamte Entwurf der Materie, das Universum selbst scheint aus dem Spielzeugkasten gearbeitet, verglichen mit der höchsten Blüte alles Erschaffbaren, der Schöpfung in Permanenz, innerhalb der paar blutigen Lappen, die jeder Mensch, selbst der ärmste Kretin, hinter der

* Julian Jaynes, *Der Ursprung des Bewußtseins durch den Zusammenbruch der Bikameralen Psyche*, Reinbek 1988

Stirn birgt. Nach innen, zur Erforschung der einbefaßten Welt, des Großen Internums, wird folglich in Zahlen von mindestens kosmischer Dimension gerechnet. Man schätzt, daß wir über rund 100 Millionen Sinneszellen verfügen, unser Nervensystem aber an die 10000 Milliarden Schaltstellen oder Synapsen enthält. Mithin sind wir gegenüber Änderungen unserer Innenwelt 100000-mal empfänglicher als gegenüber Änderungen in unserer äußeren Umwelt.

Neben der Neuronenherrschaft ist es die autonome Macht der Sekrete, der Enzyme und Hormone, die dem Ich seine Verfassung diktieren. Hemmung und Erregung, Unterdrückung und Freisetzung sind die ständigen Wechselbefehle, mit denen unsere Leibeschemie nicht nur die Regelkreise des Organismus kontrolliert, sondern auch die stabile Beschränkung festlegt, dank derer wir einen winzigen Ausschnitt aus dem physikalischen All, eine Luke nur, zu unserem Welt-Bild modifizieren. Ein Tröpflein Erregung zuviel und wir werden ins Chaos geschleudert; ein Tröpflein Hemmung zuviel und wir ersticken an Beständigkeit und Ordnungswahn ... Dies alles – und es muß hier der kurze Anreißer genügen, um das beängstigende Abenteuer der Selbstbegegnung vorzustellen, zu dem der menschliche Verstand aufgebrochen ist –, dieser Umsturz der Gewißheiten sollte denn einen jungen Autor, der sich sonst als fleißiger Zeitgenosse beweist, gänzlich unberührt lassen? Müßte es ihn nicht in ebenso tiefe Unruhe versetzen wie einst den Dichter Kleist die Lektüre Kants? Muß nicht ein erkenntniskritischer Zusammenbruch, ein Weltbildsturz gleichsam als Initiation der glaubwürdigen schöpferischen Tat vorausgehen?

Nun, das Schema der Bewußtseinskrise ist wohl an sich schon ein überholtes, parodiert von einer Sintflut unablässiger Weltbildstürze. Krise ist immer. Ein Chandos, ein Monsieur Teste oder andere Pilotfiguren des modernen Bewußtseins, sie sind ja rührende Kamingäste des Geistes angesichts des gestaltlosen Ungeheuers von zuviel neuem Sinn, zuviel sinnversprechender Literatur, das uns von allen Seiten anschnaubt.

Hunderte von Bestseller-Konfessionalisten, Weltanschauler in einer Fülle, wie sie nur im großen Durcheinander von Schwellenepochen aufkommt, Mahner und Warner an jeder Ecke, rationalistische Propheten, die alle guten Willens sind bis auf einen entscheidenden böswilligen Defekt: ihre krankhaft eitle Mitteilungssucht. Selbst brave Nobelpreisträger werden in diesen Wirbel hineingezogen. Leute, die vielleicht nur eine winzige Erkenntnisfussel vom großen Teppich der Schöpfung aufgelesen haben, reden über diese im großen und ganzen, als existierte sie eigentlich nur im Überblick. Sie sondern Weltbildtheorien ab wie die Raupe ihren Kokon. Wir haben die Alltäglichkeit der kopernikanischen Wende erreicht: heute ein neues Weltbild in der Physik, morgen ein neues Menschenbild der Neurobiologie, übermorgen die Auflösung der Erde in einem neuen Erkenntnisraster der Geologie . . .

Aber steht nicht das gehabte Wissen tatsächlich überall in der Blüte der Sprengung, wo sie ihren schärfsten Kranz, ihre prächtigste Entfaltung wirft? Doch kaum jemand in der reflexionslosen Kunst der Gegenwart, der sich davon etwa erschüttern ließe! Sehr viele schöne Romane, sehr viel Gelungenes, jedoch sorgsam entfernt von den tatsächlichen Gefährdungen des Geistes, die selbstverständlich auch solche der Sprache und der Form wären. Sehr viel Verträumtes eben, doch die Schönheit als bloße Beute botanisierender Sinne verblaßt dann meist recht schnell. Aber auch der nihilistischen, mittlerweile: der entropistischen Obsession, mag sie sich noch so radikal und welthaltig gebärden, haftet etwas geistig Verschlafenes an. Wahnsinn, Chaosdienst, subversive Intuition sind als literarische Metapher (im Verhältnis zu den realen Erkenntnisgewalten der Gegenwart) heute gerade soviel wert wie die Liebesleidenschaft einer Mesalliance in einem Spielhagen-Roman. Abhub, Kitsch, Bewußtseinsramsch.

Ach, alle Gedanken sind flach wie die Wurfscheibe, und ihre Freiheit . . .?

Man stelle sich vor: jemand beklebt seine Zimmerwände mit allerlei Tapetenresten, die ›Freiheit‹ ist nur, daß er den Anblick der kahlen Wände nicht ertragen muß und die ästhetische ›Vielfalt‹ ist ein sprunghafter, unsinniger Wechsel der Muster und abgeschnittenen Ornamente.

Die Ornamente kommen nie zum Schluß. Die Abarten verschlingen die Art. Die Potenz der Zierde wendet das Bewußtsein in zartes Dickicht.

Einsichten sind nur dann eine Freude, wenn sie flüchtig sind, wenn sie glitzernd die Stufen entlang fallen und wenn bedeutungslos viele aufeinanderfolgen, eine Schnur von Reflexen im Fluß. Im Grunde unerklärlich, wie man so lange an immer denselben, an einigen besonderen festhalten konnte – als wäre der Verstand ein Verfestiger oder Fotograf und nicht selber das Wasser. Die Kaskade.

Nie sollte es um Erkenntnis gehen, sondern stets nur um die Schärfung des gedanklichen Gespürs, ja man soll den Verstand von seiner tierischen Wurzel: der Witterung ausstreben lassen. Das emsige Bezügeschaffen ist eine Nachahmung des Nestbaus und der ständigen Höhlenbesserung.

Es gibt ein sicheres Mittel, seinen eigenen Geisteszustand zu prüfen: wenn einem die gleiche Meinung, gegenüber verschiedenen Menschen geäußert, nicht schal im Munde wird, unglaubwürdig, signalhaft-stereotyp, rundweg unfruchtbar und falsch, so ist man der Fühllosigkeit als einer Provinz der Dummheit ein gutes Stück nähergekommen. Das heißt nicht, daß man in seinen Äußerungen zum Assimilationsgespenst werde, aber die Tatsache »des anderen«, seine Gegenwart verlangt, daß eine Meinung für ihn differenziert, neu bestimmt und, weil dies einer Prüfung gleichkommt, dann oft gar nicht erst geäußert wird. Im Gegenüber allein findet die wesentliche Verständigung statt, die Sache selbst tut nichts zur Sache.

Es wird ja um einen kleinen faktischen Informationskern eine ausgedehnte Hülle von »Erkenne mich nicht!«-Mitteilungen geschlungen: um sich zu bergen, verständigt man sich.

Die Verweigerung von Verständigung kann sich eben auch darin vollziehen, daß man jemanden mit Verständlichkeiten überhäuft.

Peinlich sind nicht die Gemeinplätze, mit denen gewöhnlich die Menschen ihre Empfindungen und Gedanken ausdrücken, peinlich ist es, wenn jemand seine tieferen Einsichten, die er unter ganz bestimmten Umständen, vielleicht in Anwesenheit und im unverwechselbaren Angesicht eines anderen einmal gewonnen hat, kassiert, zu dem Seinen zählt und unterschiedslos vor beliebigem Publikum wörtlich wiederholt. Peinlich sind die Klischees der Erkenntnis, mit der so viele Wissenschaftler und Geistesarbeiter ihre Geschäfte machen. Wie oft umgibt diese klugen Einsichten, denen man in Zeitschriften, Büchern und Vortragssälen begegnet, eine merkliche Kruste der Austrocknung, die sich auf ihrer langen Entfernung von der Quelle der Eingebung gebildet hat!

Wer oft vielen dasselbe mitzuteilen hat, der besitzt seine Einsichten als Wertsachen, als kommunikationsgeprüfte geistige Fertigteile, Standardbemerkungen, eine Handvoll obstinater Ideen, kleine körnige Begierderückstände.

Er erschrak inzwischen vor den meisten Gedanken allein ihrer Plausibilität wegen. Wäre so manches nicht bis zum Ersticken komplett und zugespitzt dahingeschrieben, er hätte gewiß beim Lesen leichter atmen können, hätte hin und wieder »es öffnet sich« sagen dürfen statt abgerichtet immer nur »es stimmt«. Daß man bereit war, für eine gewisse Aufwallung von Klarheit, ja für eine einzige blutige Folgerichtigkeit ein ganzes Bündel, ein lebendiges Gemenge von mit aufsteigenden Gedanken zu unterdrücken, hinzuopfern, das schien ihm doch zu beweisen, daß uns keineswegs der gesunde, sondern vielmehr nur der begradigte Menschenverstand regiert. Erkenntnisse aber waren das Lose selbst, entstiegen dem Rhythmus der Gedankenflucht, einem subideellen Geistesleben, in dem weder die eine noch die andere Auffassung sich halten oder fixieren ließ.

Kaum ein Satz, eine Wendung in der Sprache wohldurchdachter Mitteilungen, etwa in Zeitungs- oder Zeitschriftenaufsätzen, die ihm nicht auf Anhieb das Abgegriffene einer ganzen Denkart offenbarten; kaum etwas, das er nicht auf schmerzliche Weise als unterpoetisch oder myzellos ausgedrückt empfand und als lineare Untat verabscheute. Nie war ihm dies unausgesprochen mittönende »bekanntlich« fast aus jedem Sagen, seine Öde und Gehabtheit anzeigend, so auffällig entgegengetreten als gerade zu einem Zeitpunkt, da die Erschütterungen jahrzehntealter Gewißheiten und ein bewegtes Weltgeschehen eigentlich verlangt hätten, daß man seine Gedanken *in jeder Richtung* neu erprobte.

Seltsam, gerade die klugen, allzu klugen Gedanken zu den Ereignissen erschienen ihm jetzt unverhältnismäßig gemütlich und so säuberlich nachgefertigt, daß ihnen die Herkunft aus dem Schleudergrund der Vergewisserung nirgends anzumerken war. Nun kann ein Gedanke bestenfalls überraschen, niemals ist er ein Wunder. Er liegt im Bereich des Denkbaren, und damit ist er immer möglich, war immer möglich und wird immer möglich bleiben. Er kann im tiefsten nichts Unerwartetes sein. Jedes Kunstwerk tritt dagegen absolut unerwartet in die Welt.

Sobald er uns einleuchtet, so ein Gedanke, ist er in Relation zu seinem Entstehungssprung bereits ein »spätes Produkt«. Sein Eintritt durch plötzliche Verengung des Unsagbaren.

Der Erfahrene sucht die Mitte des Schleudergrunds, das Auge des Wirbels (in dem sich alles für Bruchteile von Sekunden klärt), der Ungeübte trägt Abgeschleudertes hinaus.

Es ereignet sich ein überzeugender Gedanke überhaupt nur *im* Heraufruf seiner Bestreitbarkeit: er berührt die Nähe eines anderen Erkenntnismodus, in dem sich dergleichen so nicht sagen ließe. Da es heute einen Wissenszuwachs in erster Linie als Vermehrung solcher Modi gibt, Sageweisen, die in dichter Nachbarschaft auf eines Menschen Zunge gehen, obgleich viele sich (bisher noch?) gegenseitig ausschließen und damit jede einzelne an der Plausibilität der anderen scheitert, eignet sich zum Gral vermutlich am ehesten »das Glas, darin nie etwas war«, das bei dem Dichter Caproni steht. Das schöne Gefäß an sich, das jeden Inhalt zum reinen Anschein destilliert.

Rückkehr

Ich bin wieder da,
wo ich niemals war.
Nichts ist anders als es nicht war.
Auf dem halbierten Tisch, dem karierten
Wachstuch das Glas,
darin nie etwas war.
Alles geblieben, wie
ich es niemals verließ.

Und inmitten eines erschrockenen Erwachens fiel er dem Typus anheim, und dieser Typus war eine Art Monsieur Teste der beginnenden Idiotie, der Ideendämmerung, jemand, der zusehends das Interesse an der ›kleinen Einheit‹ Geist verlor, da er in seinem Kopf nur noch auf Bekanntes stieß, Ableitungen, Anlehnungen, Wiederholungen, Entsprechungen.

Erfüllt von Abstraktionen, verlassen von Gesichtern, schlug ihm aus allem der Durchschein der zugrundeliegenden Fertigteile, der Module und Modelle entgegen. Er hörte in jedem Satz seine Formel, seinen Prototyp, seine Matrix und nur dies: wie's gemacht ist, immer gleich gemacht ist und ... immer wieder so herstellbar. Er sah das Vorgeprägte in jedwedem noch so individuellen Geschehnis, das Gang-und-Gäbe in der wunderlichsten Eigenart – dies war der Aufstieg des vollkommenen Desinteresses. Der Generator, das Erzeugerprinzip, der ganze veraltete Maschinenkern der inneren ein- und vorgefaßten Schrift entblößte sein törichtes Getriebe.

Die furchtbare Allbekanntheit rührte von den zahllosen Prototypen des Wahrnehmens und Erkennens, die sich ins Blut des Bewußtseins gestreut und sich wuchernd vermehrt hatten. Morphogenetische Muster, die alles Unschlüssige frühzeitig schlüssig, Algorithmen, die das Regellose umgehend regelrecht machten. Er lehnte sich auf gegen jeden Umriß, der ihm auf Anhieb bekannt erschien: das, worauf er gefaßt war, wofür er bereits eine Fassung besaß; er sehnte sich nach dem TEXT vor der Schrift, der Botschaft vor dem Code, dem Fleck vor der Linie, er sehnte sich nach einem Verstehen von nicht absehbarem Entgleiten, auf dessen Welle das Bewußtsein dahintreiben konnte ohne Ziel und Schlußfolgerung, ohne verfrühte Figürlichkeit, nach Sätzen mit diffusem Hof und Hall und solchen, die einander sogleich in Vergessenheit senkten.

Es war der Fall dessen, der Schicht um Schicht den Systemen, den Mustern, den Schemata, den Dispositionen entfiel: die Löschung der übergeordneten Verzeichnisse.

Sein Kampf mit den Modi führte ihn bis nah an ihre Produktionsstätte. Er bemerkte, daß der sich selbst entdekkende, als technisches Wunderwerk begreifende Geist unter der technifizierten Inspektion gelitten hatte und inzwischen viel zu schnell etwas zu einem Programm hochrechnete, überschlug, verkürzte, funktionsgerecht machte, was früher in umständlicher Entfaltung wahrgenommen wurde; er vernahm jetzt bei einem Stil, einer Überzeugung, einer philosophischen Betrachtungsweise nur mehr die Erkennungsmelodie und lehnte sich gelangweilt zurück.

Drei Töne, und er kannte die ganze Weise. Nichts konnte ihn mehr überraschen, nichts wollte er bis zum Ende wissen. Das war der Fluch der holistischen Klausur, daß man in winzigen Partikeln, der zufälligsten Scherbe den Aufbau, die ganze Form besitzt . . .

Die Overlay-Schaltung, die Zurichte-Maske, die über den gedanklichen Entscheidungen liegt, das Steuer-Gen, das Großmorphem . . . trat mit seinem Totenkopf hervor!

»Ich kenne die Modi, die Module und Morpheme! Nicht Neues, nichts Neues! Machen Sie mir dies Wissen erst einmal wieder ahnungsvoll, dann will ich gern wieder wissen!«

Er wurde der Abgleiter – sein Ohr fand keinen Halt mehr, es schlidderte auf Eisbahnen von Sätzen und Wörtern hinab, er verstand davon ebensoviel, wie man von einem besprochenen Tonband vernimmt, wenn es im Schnellauf abspult.

Im Aufzug stand er, den Kopf erhoben zu der Anzeige eines springenden Leuchtpfeils, und verfolgte, wie das Gehäuse immerzu stieg und sank, über sämtliche Stockwerke hinglitt, ohne je auf dem seinen anzuhalten.

Das Reden erschien ihm zusehends wie das Wirbeln mit dem Staubwedel, das ein Zimmermädchen in der Operette vorführt – es wird dabei nicht einmal wirklich geputzt!

Er wurde der Kopfnicker: ich weiß alles, indem ich alle Muster und Etiketten des Wissens kenne, jegliche *Art* des Wissens mir vertraut ist, und dies zermürbt mich und im Zermürben bringt es immer neues, akutes Desinteresse hervor.

Ja, er wußte es ... Ja, es war ihm bekannt: die Ödnis spricht so. Jedoch aus dem bis zum Überdruß Bekannten sendete die Sprache Klopfzeichen. Irgend etwas regte sich darunter lebendig begraben.

In ihm kämpfte Marinetti gegen Ruskin. Der Maschinenbewunderer gegen den Maschinenverächter, der Sturmläufer gegen den Überlieferer. Im Aufwiegeln gegenläufiger Empfindungen suchte er sein verlorenes Interesse durch den interessanten Affekt zu ersetzen.

An einem trüben Sonntag auf dem nassen Deich führte er den Hund der Nachbarin aus. Das Tier blickte hin und wieder scheu befremdet zu seinem Leihherrn auf und nahm seine Zweifel, ob dieser als echter Herr in Frage käme, mit hinab in die zum Schnüffeln gesenkte Schnauze.

Welche Frage in den treuen Augen des Tiers! Die dem Begleiter die Verlegenheitsröte in die Ohren trieb. Kein Mann von Welt, kein Mensch für Leute, vielmehr ein Grübler, wie der Hund ein Schnüffler war nur zum Verdecken seiner Zweifel! Und genau wie dieser hin und wieder angetrieben, von allen Menschen weg und tief zwischen die Steine zu schauen. Der Wille sehr geschwunden, die Bereitschaft, sich schützend unter seinesgleichen einzureihen, äußerst schwach, so war die nahe Menschenwelt nur noch in jähen Spalten, grellen Aufrissen eines dröhnenden Nebels zu erkennen. Fragen, die man an ihn richtete, verliefen auf sehr weichem Gemütsfond wie wäßrige Farben. Fragen seinerseits an eine Außenwelt gingen ab in eine nachgiebige, wellige, dehnbare Umgebung, die sich an keiner Stelle mehr zu einer Antwort verdichten, verkörpern oder auch nur verknorpeln wollte. Ein Hundeähnlicher, nach seiner Herrentauglichkeit befragt!

So ergeht es dem Idioten, der zugleich zum hemmungslosen Psychologen wird, einem Experten des Argwohns, der für schier alles ein Ohr hat. Dem jede Richtung die seine werden könnte. Der Boulevard wie die Klause, die Sentimentalität wie der Sarkasmus, das Machtwort wie das Schlagwort. Der daher keinerlei Fassung besitzt, sondern allerorten nur Identifizierplätze vorfindet, auf denen er sofort zum Appell antritt.

Wenn Valéry sagt, seine Natur verabscheue alles Vage, so war die seine auf beinahe ausschließliche Weise für den Feinstaub des Vagen empfänglich.

Er träumte von Zusammenhang: er konnte ihn weder denken noch irgendwo feststellen.

Nein, er würde keinen Bettler und keinen Saaldiener erwähnen, nicht Fürst, nicht Händler oder Mätresse, keine Person, er wollte niemanden sehen, wie er auch niemals in Büchern jemanden fand unter dergleichen Bezeichnungen, auch nur in Umrissen jemanden erkannte, sondern überall nur Spruch-Spuren auflas, etwas zum Sagen für sich selber ausfindig machte. Die unüberwindliche Entfernung und das qualvolle Unverständnis, in die Handlung und Figurenwelt ihn versetzten: es waren Wunden seiner Einbildung, diese angeblichen Namen, Orte und Vorgänge. Sie, die Autoren, schilderten – er verlor *jeden* Zusammenhang. Er *war* zusammenhanglos, und wo sich ihm irgend etwas Zusammenhängendes zeigte, mußte sein Wesen es zerstückeln und zerpulvern. »Ich zersetze, ich werde zersetzt. Bis wir Staub vom selben Staub sind, Buch und Erfahrung, bunter Schild und kahler Speer, das Runde und der Stich; kein Gesicht, keine Hand – kein Richter. Staub, Dunst, Wische.«

Die Verblödung interessierte Swift wie Flaubert. Ersterer erreichte sie. Gombrowicz war ihr ebenfalls dicht auf den Fersen. Erreichte sie aber nicht.

Derjenige, der nur gehorsam ist und frei (untrammelled, ganz entbunden), gehorcht keinem Einzigen, sondern der Unzahl: den Shintu-Geistern der Münzen, Rolltreppen und Festspielfahnen, der Heckenrosen und der geköpften Hühner auf den Marktständen, den Tagesbefehlen der Baukräne und des Nackenhaars der Verkäuferin . . . alles demütigt ihn: alles voller Götter . . .

Alles – Rauschwort des Thales wie des Imbezilen. Der Weise und der Idiot lieben gleichermaßen die totalitäre Emphase in den beiden Wörtchen: alles, nichts. Durch den abgerissenen Ton hören sie in die Kugel hinein.

Nichts ist episch, alles ist lyrisch.

Nun schon seit Descartes: res cogitans, res extensa. Und diese letztere eben begriff er nicht. Diese Worte für die ›Dinge‹ behandelte er, wie Matrosen zugerufene Befehle wiederholen.

Man kann der abstrakten Schrift bis ins Unendliche folgen, während die unaufhörliche Folge gegenständlicher Bilder irgendwann die flatline der Ansehnlichkeit erreicht oder sich in freie Ornamente auflöst. Zu hohe Menge an Festbezeichnetem geht über in reine Malerei, der iterierte Gegenstand kehrt zurück zu seinem Wesen in der Verschwommenheit. Alles Konkrete wird mehr und mehr als lästig, »kleinlich« empfunden, das Amorphe aber zieht an.

Als hatte ein Sufi seine gnomische Weisheit gedehnt und gelöst, als hätte ein moderner Philosoph Gestimmtheit in unzählige Feinstimmungen zerlegt und rekombiniert, ausgebreitet nebeneinander wie auf einer Rauschenberg-Tafel: beigeordnet das Uralte den je neuen Alltagsfunden; die tiefere Regung gleichgestellt der flüchtigen. Das Wort Gnade wieder mit seiner alten Wärme aktiv: wenn es nur an die richtige Stelle im Gitter gesetzt wird. Dort, wo der Gedanke materialisiert, zu poetischem Material erlöst wird, treten Bild und Reflexion in ihr ursprüngliches Gewebe zurück.

Akra: bittere Vorsprünge, Steilklippen, Höhenangst.

Der Mime, Nietzsches Histrione, Trickster des modernen Bewußtseins, dem es gelang, sich der Affekte früherer Epochen zu bedienen, deckt eine Weile noch seinen zerrissenen Zustand mit gerissenen Gebärden ab. Der längst Ausgebrannte bietet, für sich genommen, eine vollendete Glanznummer.

Im Spiel der Spiele indessen gewinnen weder Tod noch Leben, sondern allein der künstliche Gesell. Nicht Aufbruch, nicht Erinnerung oder Wiederkehr, jenseits von früh und spät, von Schein und Sein: Künstlichkeit und die Module einer unverbrauchbaren Permanenz, Verschleiß gleich Null, sind aus einem erschöpften Schauspielertum hervorgegangen, eine begabte Ewigkeit, die freilich nur aus unendlich wiederholbaren weltlichen Sekunden besteht. Dagegen werden sich mancherlei Abweichungen und Andersheiten zu behaupten suchen, doch die Maschine, der *Akrolog*, wird sie alle an die Kette nehmen. Der technische Kult frißt auf Dauer jede Regung von Differenz. Noch einmal begegnet uns das Große Tier des Platon, das schon war: der Staat, das Soziale, die Ideologie. Jetzt hockt es als das Ganze in der Künstlichkeit ... und wir können uns seinen *nächsten* Ort nicht einmal mehr vorstellen! Unerfindlich, wohin es jetzt noch weiterwandern könnte.

(Wie sehr hatte er daran glauben wollen, wie stark war er dem Zwang verfallen zur Zwangsidee, die einend immer weiter wandert ...!)

Man möge so viele Lichter, Intelligenzen prüfen, wie es gefällt: das poetische bleibt das beste. Es entspannt sich nun bald außerhalb der Gedichte und Prosawerke. Lyrik wird dann etwas so Übergeordnetes sein, daß wir uns lediglich in ihrer Erwartung befinden können. Sie wird einmal aus *jeglicher* Erkenntnis erwartet. Von einem Gedicht kann man ebensowohl wie vom Geist sagen: es gäbe in ihm zur Erwartung keine Gegenregung mehr.

Wenn diese an die Stelle der Hoffnung tritt – und sie ist ja weder düster noch hell, sondern von Grund auf horchend mit allen Sinnen und Geweben –, dann kann in den Aufenthalt des Menschen das Unbewegte zurückkehren, das gänzlich nach außen- und aufgerichtet ist, bereit wie ein Parabolspiegel, die schwächsten Wellen des Raums zu empfangen.

Künste und Philosophie sind alt, die technischen Medien sind neu, aber nicht jung. Sie leben ideell überwiegend ›aus zweiter Hand‹, ernähren sich oft genug von den Abfällen der ersteren. Mag sein: was sehr alt ist, besitzt heute den größeren Überlebensvorteil.

Als er einem Freund der Fortschrittsmelancholie anläßlich einer Aitmatow-Novelle leise einwand, daß ihm zwar die poetischen Zeremonien des Abschieds teuer seien, daß gleichwohl das Erinnern selbst ungerührt nicht das alte bleiben könne und es wenig wahrhaftig erscheine, wenn einer noch schildere, wie Technik die Heimat, die Lebenswelt zerstöre, da man längst in eine Phase übergewechselt sei, in der gerade die neuere Technik ein Rücksichern erst ermögliche und inspiriere, so daß es dem Roman nicht weiterhin darum gehen könne, die Spinngewebe des Vergehens über Mensch und Landschaft zu breiten, ja, daß Vergänglichkeit in einem größeren Kristall- oder Glasfibergedächtnis ihren Raum erst neu zu finden hätte, inmitten der empfindlichsten Spiegelungen und Retrospekte, die an die Stelle der zerbrochenen Überlieferung getreten seien und dem Lebensgefühl der »epischen Wehmut« den geschichtlichen Grund entzögen – ach, während er es aussprach, torkelte er in seinen Eröffnungen schon, denn er erschrak darüber, wie sehr von Wunsch und Illusion verseucht diese ganz und gar zutreffenden Feststellungen waren.

Der Mann, der allein geschickt wie eine Wildkatze im Feld seiner Kenntnisse und Begriffe streifte, verlor, kaum daß er vom Tisch aufstand und einen Besucher einließ, mit dem Handschlag sein Bewußtsein; er zitterte vor Ungewißheit, Devotion, strauchelte mit jeder Bemerkung und stürzte schließlich in eine einfache Frage ab, da in seinem Geist auf einmal tausend Wissenslücken klafften. Die Augen, die sich auf ihn richteten, wirkten wie biochemische Hemmer und Unterbinder. Zeichen, Zeilen haben keine Augen, er schämte sich nicht vor ihnen. Vor jedem Menschen aber stieß sein System auf zu viele schamauslösende Impulse . . .

Es gibt Bewegungen, Blicke, auch Intonationen eines Satzes, die uns entrücken im Bruchteil der Sekunde. Es geht dann ähnlich zu, wie bei den berühmten déjà-vus, die die Einbildung wecken, man sei in einer unbekannten Gegend schon gewesen und kenne das Ereignis, das unmittelbar bevorsteht. Doch führen diese tieferen Ablenkungen in eine tatsächlich unbekannte Welt verlorener Zusammenhänge, die man weder wachend noch träumend je erfuhr. Man hat dann das Gefühl, eine hinter allen Schnelligkeiten hausende, verlaufslose Welt zu betreten, in der die Zeit, noch fein gefaltet, eng geschichtet, sich verbirgt, vergleichbar dem Stratum geologischer Formationen.

Ständigkeit ist keine unbillige Vorstellung, nicht innerhalb der Evolution, nicht einmal in der Geschichte. Ständigkeit, wenn die Erde Millionen Jahre das gleiche gebar, bevor sie etwas Neues hervorbrachte. Ständigkeit, als Gabe des Ewigen an die Zeit: Jahrtausende unumgestoßenes altes Ägypten! Warum nicht Ständigkeit wieder, wenn in der Akrotechnik der Feuerkranz geschlossen ist? Etwas von der Katastrophe der Veränderung wird die Hohe Maschine von uns abwenden ... Ja, weshalb sollte sie nicht, allein sie, der künftige Umleiter werden aller Fortschritte in die gesättigte Zeit, in die planetarische Form des steady state und damit hinüberführen in einen neuen Tonus des Erinnerns, jenseits von früh und spät, Progression und Vergänglichkeit. Kein Paradies, kein Ragnarök. Etwas Derartiges verspricht in ihrer Grundgestalt, der rückfragenden Schleife, die Kybernetik einem von ihr beherrschten Zeitalter. Mag es dabei am Ende auch synthetisch zugehen, synkretistisch statt originell und bionisch statt lebendig, wenn es nur: das Ständige wird.

Nichts Neues unter der Schädeldecke? Um neues Wissen zu erwerben, muß der Menschengeist vergessen, daß er dasselbe bereits in anderen Symbolen einmal wußte. Wo die Poesie, die wissende, schweigt, verselbständigt sich das Interesse des Geistes an seiner Technik.

Sie entdecken nur noch Hirn und Hirn und wieder Hirn. In dieser Welt. In dieser Blindnis der Dinge. Entflammt für sich selbst ist das einzigartige Un-Tier.

Dabei gehört dieses Komplexe, das uns jeden Begriff von Anlaß und Ursache, von Anfang und festem Verlauf zu rauben scheint, genauso dem poetischen Sinn wie das offenbar Schöne, das vor den Augen stillsteht, der ganz und gar geäußerte, (wieder) einfältig gewordene, wunderliche Gegenstand – die Rose unter den Dingen. Denn der (fromme) ictus, der Einschlag, und das lange Weben sind zwei Formen der Weltverarbeitung, die einander nicht behindern dürfen, eher möchten sie wechseln wie Werk- und Feiertag des Verstehens.

»Blind sind der Menschen Gedanken, wenn einer ohne die Musen mit Verstandeskünsten allein den Weg sucht.« (Pindar)

Man wird schließlich zwischen den schönen und den zweckmäßigen Ideen sich nicht entscheiden müssen. Keineswegs bestimmt allein der empirische Gehalt den Nutzwert einer Idee. Die mystische Vorstellung, daß das Kind im Mutterleib durch ein Licht in alle Enden der Welt blickt, braucht nicht vor der medizinischen Embryologie zurückzuweichen. Die Schönheit einer Idee ist für Seele und Geist ebenso nützlich wie die rationale Erkenntnis für den Umgang mit dem Organismus. Beide sind gleichermaßen geeignet, Leben zu achten und zu erhalten.

Auch die Frage des Anfangs wird eine Frage des Glaubens sein: lebensnotwendige Beibehaltung einer gedanklichen Wohltat, so wie Blake noch die Erde als Scheibe weiterhin dachte, wider besseres Wissen, weil dies seinem Geist und seinem Herzen nützte.

Schließlich: der vom Immerwährenden verschluckte Anfang. ER ließ geschehen, irgendwann. Doch der Glaube weiß tiefer: wir bedürfen des Anfangs, der Geist bedarf dieser Gewißheit und wäre nicht lebensfähig, wenn sie nicht wenigstens als Mythos erhalten bliebe.

Will einer etwas gläubig und rational zugleich wissen, so wird er zu spüren bekommen, daß beides nicht auf *eine* Wurzel zurückzuführen ist, sondern daß – gegen die Lehre der Monisten – uns zwei Prinzipien ursprünglich eingegeben sind. Das Eine, das Einzige, das Zweitlose gibt es nur im Wissen des Glaubens. Dem analytischen Wissen kann es nicht in Aussicht stehen. Das Vielfältige strebt keiner Lösung entgegen. Man hält angeblich auch in der Teilchenphysik die Suche nach der ›Einheit der Natur‹ nicht mehr für sinnvoll. Das Mannigfaltige war von Anbeginn, es ist irreduzibel. Einfachheit ist ein Traum, den das hoch Entfaltete träumt, der Traum der Blüte von ihrer Frühe als Same, aber der Same ist nicht einfach. Was das ganze Gesetz des Werdens auf engstem genetischem Raum, ingefaltet, in sich eingeschrieben trägt, kann nicht »einfach« sein.

Wo aber das Samenkorn kein reiner Anfang ist, da tritt auch das Ur-Wort aus dem endlosen Strom des Nocheinmalgesprochenen hervor.

Der Bewahrung von Ursache und Elementaria, etwa im Recht oder in der Psychologie, begegnet das Wissen von den ursachenlosen Prozessen im Aufbau der Welt; die Linien und Gründe bedeckt der diffuse Fleck eines vielgestalten Verstehens. Denn ein Verstehen, das sich nicht auflöst, versteht nicht.

Daß aber gleichwohl das Elementare vorausgesetzt werden muß, damit wir die Tragödie verstehen, daß es schon deshalb in der Seele konstruiert werden muß, selbst wenn es in der Welt sonst nirgends zu finden wäre. Irgendwo *müssen* wir dem Ersten und Bloßen begegnen in einem Raum, der nur aus Ornamenten und Fiorituren der einen Vielfältigkeit besteht. Gewiß, man wird sich damit abfinden: alles schwelgt, webt und bezieht sich, aber der Einschlag der Unlösbarkeit –

Auf frühen Zeichnungen von Beuys verfolgte er das Hinausgehen der Linie, den Auszug vom Blick- ins Kraftfeld. Nichts zu sehen, was wäre, was sein könnte. Nur die Geisterumrisse kleiner unsichtbarer Ereignisse.

Neben ihm ging jemand heftig auf die Rätsel zu und wies jeweils auf einen genauen, sofort ausgemachten Punkt der Blätter; dazu gab er eine Bemerkung im Ton nicht etwa der persönlichen Deutung, sondern einer unfehlbaren Erklärung: »Hier: das ist der Spaziergänger, wirbelhohen Rosses entsprungen.« Oder: »Die Brükkenwelt geht in Sonnenmilch über. Die Brückenwelt erhält ein neues Ufer.« Dies brachte er mit rascher Bestimmtheit hervor, von Blatt zu Blatt schreitend, die eigenen Worte mit klarem Kopfnicken bestätigend, wie eben nur ein Wahnsinniger als Sachkundiger auftreten kann, indem er Undurchdringliches sofort durchschaut und Irreguläres als geregelt erkennt.

Er fühlte sich dem Narren auf bedrängende Weise angeschlossen; er sah durch ihn gewisse eigene Auffassungen gröblich parodiert und ad absurdum geführt. Vor allem diejenige, die mit der Vermutung spielte, daß das abrupte, unregelmäßige, das unsinns-tolerante Treiben unseres Geistes möglicherweise ein genaueres Abbild von der »Welt da draußen« lieferte, als es sich der Verstand, da er das Brauchbare erkennen mußte, je leisten konnte. Allein unsere Orientierungs- und Verständigungsnöte hätten uns, so meinte er ja, frühzeitig beim vordersten Anschein, bei einem mäßig – zweckmäßigen Provisorium haltmachen lassen.

Der Mann mit Vollbart und langem, im Nacken gebundenen Haar, dessen Farbe an ein verschwärztes Silberbesteck erinnerte, trug eine alte Plastiktüte, mit rohen Möhren zur Hälfte gefüllt. Als er gebeten wurde, seine störenden Definitionen einzustellen, unterbrach er sich sofort und erstarrte für kurz in einer wehrlosen Traurigkeit. Dann öffnete er die Möhrentüte vor dem anderen, und zwar um sich gleichsam die Brust aufzureißen und ihm einen Blick in sein inneres Gewühl aufzunötigen. Er sah sehnsüchtig nach dem Blatt, vor dem er stehengeblieben war, und litt spürbar darunter, daß er sich etwas sehr Liebes versagen mußte. Kurz darauf war der Tadel verarbeitet, geschluckt, vergessen; er streckte erneut den Arm aus und diagnostizierte die kleinen Knäule und Protuberanzen der Linie mit seinem spitzen, wahngeschärften Sinn. So sprach er von steinernen Sieben, durch die flösse der Himmel ab. Und sprach von den Frakturen der Meereswelle, die ungleich schlimmer dran sei als ihre Kusine, die Schnelle im Fluß.

Man spricht nicht nur aus einem Grund, dem der Verständigung. Mindestens auch zum Zweck der gemeinsamen Stimmfühlung und der Grenzbestimmung. Wie der Gesang den Walen, das Klickgeräusch den Delphinen dazu dient, die Grenzen ihrer Umgebung abzutasten, so gibt es auch menschliche Sprache, die horcht, indem sie verlautet. In einzelnen Kunstwerken besitzen wir für immer verläßliche Echolote, die die Grenze des Menschen zur eisigen Stille ermitteln.

Daß das Wesen eines Menschen wie eine Kugel von Ringbahnen ihn äußerlich umgibt. Nichts Inneres! Alles gesprengte, hinausgestreute Begabung, wie Brocken zerschellter Asteroiden, Einschläge von Werken und Menschen. Der andere, sofern er der Gegenwärtige ist: seine Biografie ist nur *ein* Ring im Sphärengürtel seiner Anwesenheit. Oft genügt ein Blick, eine Strahlenprobe, um seine ganze Geschichte zu wissen. Was einer erlebt *hat*, seine Vergangenheit, teilt sich aber meist sehr viel enttäuschender mit als die Merkmale und Reste, die davon in seinem Orbit ständig schweben, Eigenart der Augen, der Stimme, der Hände. Was in der Hülle des anderen tatsächlich Ausstrahlung besitzt, ist wahrscheinlich weniger sein persönlich Erworbenes als vielmehr der Feinstaub des allgemeinen Formenerbes, das, was aus der Tiefe der menschlichen Zeit über ihn gestreut ist.

»Warum erzählen Sie mir das alles?«

Er hatte sich immer darüber gewundert, daß ihm die Menschen so viel von sich und anderen erzählten. Er hatte eigentlich nie herausgefunden, weshalb sie es taten. Weder in den Situationen, in denen sie ihren Stoff absonderten, noch hinterher, wenn er sich an ihre Geschichten erinnerte. *Was* sie erzählten, hatte selten eine tiefere Bedeutung. Da war er sich sicher. Aber *daß* sie's ihm erzählten, darin lag wohl der Kern des Rätsels, und es hatte zu einem gewissen Zeitpunkt außerordentlich viel zu bedeuten. Er hatte es nie herausgefunden. Schließlich akzeptierte er das Spiel, das er nicht durchschaute. Er sah ein, daß man es eben so macht, um untereinander in Fühlungnahme, in eine Verbindung zu treten. Er sah das ein und begann sich daran zu beteiligen. Er wollte seinerseits keine Lücke bilden im fleißigen Gewebe der Mitteilungen, der unterschwelligen Verständigungen, die möglicherweise eher zum Innersten gehören, das die Welt zusammenhält, als die Weltanschauungen selber. Er ließ sich nicht lumpen und begann wider seine natürliche Skepsis, unter Verleugnung seines einzig wirklich fähigen, aktiven, zuverlässigen Organs: seines Ohrs, den alles verbindenden Mund zu öffnen. Er begann, anderen etwas zu erzählen, damit auch er ihnen rätselhaft und unbegreiflich erschiene und sie sich fragen müßten: »Warum erzählt er uns das alles?« Ja, diese Frage, er bemerkte es deutlich, trat nun tatsächlich stumm und unruhig auf ihre Gesichter, die sich freilich nach kurzer Zeit stets abwandten und nicht länger aufmerken wollten. Warum wollten sie es nicht? Was hörten – um Himmels willen: *was* hörten sie denn, das sie zwar kaum begreifen, das sie aber doch unmittelbar in Unruhe versetzen konnte? Was teilte er mit, aus welchen Gründen, und kannte sie selber nicht?

Einsamkeit ist keine geringere Täuschung als Freundschaft. Die Stille erfüllt ein Stimmengewirr. Den Stimmen ist nichts gültig. Termiten des Widerhalls, lassen sie nichts Lebendiges übrig auf ihren Wegen.

Wenn er allein war, hörte er hinter die Stimmen, die Tonfälle, die Betonungen, die Ausspracheeigentümlichkeiten, und manchmal vernahm er die verborgensten Winke aus den erinnerten Stimmen, und sie verrieten ihm jetzt erst das erstaunliche Geheimnis, das ihm die Leute mitteilen wollten, als sie ein paar belanglose Worte an ihn richteten. Er hörte nur in der Stille, *wie* sie sprachen, wie es geklungen hatte, und erfuhr nachträglich, was ihm wirklich Eindruck gemacht, wo das Unbewußte zum Unbewußten gesprochen hatte ...

Aber was tut man, wenn man sich in der Einsamkeit jemandes Ausdruckshülle so lebhaft vergegenwärtigt, derart erzeugend vorstellt, daß der Bestand weniger charakteristischer Impressionen, die man davontrug – eine Gebärde der Begütigung, ein gedrängtes Erstaunen, eine belehrende Darlegung –, ausreicht, um beliebige Sequenzen, Sätze, Situationen damit hervorzubringen, zu generieren, die niemals stattfanden, so daß Halluzination und tatsächliche Erinnerung nicht mehr zu unterscheiden sind? Ist es die Spore einer unbedingten unverwechselbaren Eigenschaft, die man vom anderen empfing und die nun aufkeimt und wächst bei Windstille in der Abgeschiedenheit? Das, was ich mir merke an einem Menschen, was ihn mir besonders kenntlich macht, ist offenbar das, was ich schließlich von ihm *vernommen* habe, ein impact von seinem Gestirn.

Nicht mit Worten, nicht mit der Sprache, sondern mit den tönenden Charakteristika, mit dem gesamten Imponiergehabe der Stimme teilt sich mir der andere mit, ein unaufhörliches lautliches Eindruckmachen, das unterschwelliger wirksam ist als Auge und Hände, mischfreudiger als Semantik oder Gebärde, damit verrät sich der andere immerzu und tut es doch auf undurchdringliche Weise.

Ein Schauspieler braucht demjenigen, zu dem er auf der Bühne spricht, niemals Eindruck zu machen, alles ist verabredet. Seine Stimme benötigt keine gespielte Unsicherheit, kein geheimes Fahnden, kein Werben oder Drohen dem Partner gegenüber. Sie ist immer für das Publikum verlautet, mit dem er nicht spricht. Und vor ihm schirmt sie sich ab mit bewußter Gebärde, mit Stil und Ausdruckskunst, Führung und Allüre, die gegen jede unverhoffte Frage und Antwort schützen. Deshalb vertraut niemand der Stimme eines Schauspielers, wenn er ihr im Alltagsleben begegnet. Sie spricht nicht zu uns, sie sucht uns nicht, sie hat so viele Merkmale des Individuellen verloren. Es ist daher das nervliche Schauspiel der Stimme dem Theater, dem Film, der Darstellung an sich unzugänglich. So wenig wie das Gemälde, das Foto etwas von der Kraft des lebenden Auges wiedergeben kann. Auch dieses verliert in der Darstellung, im Gezeigtwerden sein Sehen. Aber während die Mitteilung des Auges ganz aus seiner Gegenwart entspringt (und sich gerade in ihrer kleinsten Einheit, dem Augenblick, als mächtig erweist), so gelangt die Stimme, raffinierter gemischt aus vorder- und hintergründigen Anzeichen, gerade erst in der Nachwirkung zu ihrer vollen Entfaltung, bis hin zur Besetzung und Unterwerfung des Angesprochenen.

Die Stimme ist unlöslich verbunden mit memoria, mit absorbierendem Gedächtnis. Und wenn ich eines anderen Stimme so deutlich und generativ memoriere, so bin ich am Quell, seiner zu gedenken – ich gedenke seiner beinahe ohne mich.

In der Sprache ist Verstehen der unterdrückte Anklang tausendfältigen Verstehens. Es ist unnütz, nach der Wurzel des Nebels zu suchen. Aller Beginn ist Widerhall. Das Elementare ist nur überlagertes Profil, der gezähmte Schatten einer ewigen Streuung.

Der Trichter, in dem all seine Gefühle und Gedanken abströmten:

Der sterbende Anfang

Steady state und Beginnlosigkeit. Das Dogma der Zeiten: der heilige Urzustand oder dessen ersehnte Wiederherstellung, gestürzt.

Wenn wir dem Anfang das Haupt abschlagen, wie können wir dann die Triade verschonen: daß nach Identität Differenz und auf diese wiederhergestellte Identität erfolgt? Die Liquidierung des Anfangs hat die sofortige Zerstörung jeglichen Dritten Reichs, jeglicher Idee, in den Drei Schritten zu denken, zur Folge. Es hieße, dieses Idol des Denkens vom Sockel und anschließend das ›Bild‹ des Sockels selbst verstoßen. Etwas scheint blitzschnell auf, es erlischt blitzschnell. Wobei die Erscheinung mit dem Geräusch des Erlöschens hervortritt und ihr Sturz in den Punkt mit dem Knistern eines Beginns.

Den Anfang töten, heißt einen »enzymatischen« Befehl durch den Gesamtorganismus des Denkens geben: jede Bildung eines auf Anfängliches bezogenen Begriffs im Keime ersticken ... an jeder beliebigen Stelle des Bewußtseins hat alles immer zu sein. Nie begonnen, nie kleiner geworden, nie geendet, nie geteilt ... die ganze schöne Geschichte der verlorenen Einheit: Lüge; weder Unschuld noch Paradies sind irgendwo ursprünglich anzunehmen, sie befinden sich als Zufall und als Stunde im Geheimnis jeder Zeit und jedes Alters.

Jede Phase des aufsteigenden Lebens scheint in sich reguliert und setzt kraft einer unwillkürlichen Einwirkung über in eine nächste, die etwas weiter und verwickelter reguliert ist.

Angemessenheit – Homöostase und Selbstregulation sind Verwandte des Gleichgewichts, des Schwerpunkts (im Sinne der Kleistschen Marionette), biotechnische Ableger des Paradieses und der Unschuld. Obgleich das Bewußtsein als die Störung auftritt, so befindet es sich in

Wahrheit keineswegs außerhalb der Unschuld der Regulationsmechanismen.

Paradies, auch nur ein Gestaltbauteil unseres Geistes: was uns die Totale bedeutet, geräumte Zeit, vom Verlauf geräumte.

Beim Todessturz einer großen Idee wird ihre eigene lange Geschichte als eine blitzartige Gedankenflucht in uns niedergehen.

Zu wissen, daß kein Erstes und kein Letztes ist, weder Anfang noch Ende, weder Wurzel noch Grund, beansprucht die Weisheit der grenzenlosen Oberfläche, die vielleicht dann mit dem Böhmeschen ›Ungrund‹ identisch ist.

Welches der ursprüngliche Fehler ist, den jemand beging, woraufhin er sich weiter in Unheil verstrickte, das Problem der Atriden, des Ödipus, der Psychoanalyse, des Dramatikers Ibsen, der Kriminalliteratur, es verschwindet mit dem Reduktionismus im Weltbild der Kybernetik. Dies alles gibt es nicht in der erkennbaren Wirklichkeit: prima causa, Urschuld, Erstes an sich. Bevor also aus Urgründen überhaupt ein Grund geboren wird, gehen zahllose zufallsgesteuerte Entscheidungsprozesse voraus. Was wir den Anfang nennen, ist bereits das Resultat langwieriger vor- und zurückfragender Selektionen. Ein Verbrechen läßt sich überhaupt nicht aufklären, es kann nur beurteilt werden. Die Schöpfung wie das Verbrechen sind zwar emergente, plötzliche Akte, entstehen aber weder aus dem Nichts noch aus einer einzigen Ursache. Die Schuld ist nur ein subjektiver isolierter Knoten innerhalb einer zu keinem Ende hin verfolgbaren Verstrickung. Gott schuf den Mythos des Anfangs.

»Es kann keine ›Ursachen‹ geben in einer Welt, in der alles, was geschieht, in mehr oder weniger gleichem Umfang von allem anderen Geschehen abhängt.«*

Es wird dem Menschen nicht leichtfallen, an die Beginnlosigkeit der Welt zu glauben. Liegt es daran, daß er sie nicht denken kann? Daß es in seinem »System« einen unauslöschlichen, unersetzlichen Mythos von Anfang und Ursprung gibt und geben muß? Der Wahrheit näher käme die physikalische Imago von einem steady state, das Zeit, Raum, Leben, Ich und andere in einen einzigen konturlosen Nebel hüllt – eine bewegte Aufgelöstheit der Dinge und Benennungen, in der das Alles zu einem Etwas zerrieben, das Ganze zu einer Sämtlichkeit abgewandelt erschiene und folglich vom einzelnen Ereignis nicht zu sagen wäre, ob es vorbei ist oder ankommt oder immer da war.

Hatte man nicht erst vor kurzem den Augenaufschlag der Welt bis in sein allerfrühstes Zittern nachgewiesen? Nirgends in den Wissenschaften scheint noch eine Alternative zum Werden zugelassen. Der Zeitpfeil durchbohrt das Kleinste wie das Größte.

Wozu dann die philosophische Plage des Seins?

* Marvin Minsky, *Mentopolis,* Stuttgart 1990

Der Geist bildet offenbar eine abgeschlossene, zierliche, zusätzliche Geheimwelt heraus, Raum für einen unbändigen Sinn. Er wäre vielleicht nicht nötig gewesen. Er schafft einen Trotz-Kosmos zur Werdewelt.

Die Suche nach der einheitlichen Wechselwirkung, nach der Einheit der Natur. Die *Gravitation* erstens; die *starke Kernkraft* dann, billionenmal stärker als die Gravitation, sie hält den Kern des Atoms zusammen. Der *Elektromagnetismus* als nächstes, er sorgt dafür, daß die Elektronen rund um den Kern schwirren, was den greifbaren Dingen den Eindruck von Festigkeit verleiht. Die *schwache Kernkraft* schließlich, sie liegt dem radioaktiven Zerfall in bestimmten Atomen, wie etwa dem Uran, zugrunde.* Aber die einzige vor und in den vier Urkräften?

Nun, sagen die einen, wenn es das Einzige gibt, so wird es auch zu finden sein. Der Beginn der Welt, der in ihr versteckt wurde und den niemand fand bis heute. Die erste Billionstelsekunde im Ursprung der Schöpfung. Dann plötzlich wäre das Ganze – das All wäre erkannt.

Aber dieser Schluß bestünde nur noch aus grenzenloser Schönheit, aus einer sich selbst vergötternden Harmonie.

Andere bestreiten, daß es je soweit kommen werde und wir das Eine in der Formel besäßen. Denn was wird, was kann der Menschengeist zuletzt entdecken, selbst wenn er im innersten Geheimnis der Welt stünde? Die Frage, nichts als die Frage . . .

* John Boslough, *Jenseits des Ereignishorizonts,* Reinbek 1985

Wäre aber wider Erwarten die Einheit der Natur einmal begriffen, so müßte ja nach diesem letzten, höchsten Erkenntnisakt ein großes Nachlassen beginnen, ein Erschlaffen des Verstehens; das Eine würde sich unserer bemächtigen und alles zu Einem schmelzen. Und was wir an Vielfältigem geschaffen hätten, Maschinen, Kunstwerke, Gemeinschaften, verwunderte uns fortan wie fremde Artefakte, die wir nicht mehr verstünden und nicht länger zu hüten wüßten. Wir würden dann gedacht haben. Da wir die Schöpfung erkannt hätten, die unendliche Einfalt. Das Vollständige an sich.

Doch dies bleibt vorerst eine Vision von der Erschöpfung des Verstehens. Dagegen gilt, solange es sich vermehrt: »Die Idee der Einfachheit fällt in Stücke. In welche Richtung auch immer Sie gehen, Sie werden auf Komplexität stoßen.«*

Sagen wir doch, um dem Zwiespalt zu entkommen: daß der Zeitpfeil aus unendlich vielen winzigen Kreisläufen bestehe, in deren Mitte die Leere: Raum für Emergenz. Das Nie-Dagewesene, geboren aus einer Zelle der ewigen Wiederkehr. Daß ›Nichts Neues unter der Sonne‹ nur absolut klingt, es aber nicht ist. Daß plötzliches Auftauchen von Neuem, das zwar immer da war, doch nie voraussehbar, genauso unter der Sonne und mit ihr geschieht. Daß Zyklus und Pfeil auf eine gemeinsame Urfigur zurückzuführen sind . . . auch dies also eine Versuchung zur Einheit (des Geistes) hin.

Steady state: es ist alles da. Allzeit. Die Organe takten die Folgen und Verläufe, das Werden und Vergehen hinein.

* Ilya Prigogine, *Vom Sein zum Werden,* München 1982

Offenkundig, daß es nichts Doppeltes gibt. Offenkundig, daß es weder Anfang noch Ende gibt. Daß die zentralen Metaphern des Menschen auf irrtümlichen Vorstellungen, wünschenswertem Wissen beruhen, behelfsmäßige Gürtel und Zügel sind, mit denen er seine zerfallende Gestalt zusammenzuhalten sucht. Was ist »schizophren«? Ein vermodertes Wort aus einer alten, alltagsgrauen Epoche des Wissens. Was ist Ich, Subjekt, Selbst und was sind Dichotomie, Widerspruch, der andere oder gar »die anderen«? Nichts als Denker-Staub, der in ehrwürdigen Seminaren am späten Nachmittag im Zwielicht glitzert. Staub, eine Heerstraße winziger Partikel, aus denen alles besteht, wie groß und gestaltheischend wir auch die Namen und Kontraste wählen. Nichts zählt im Unzähligen.

Wir sind in eine Überschüttung geordnet und zerfallen unentwegt von einem Aufbau in den nächsten, noch unbekannten, der aus dem Schatten, den das Unsere vorauswirft, für eine Weile begreifbar hervortritt.

Auszumachen ist nichts als viele Wirbel und kurze Prozesse.

Steigen und Fallen sind die Sorgen längst unbewohnter *Standorte.* Alles steigt, ist undeutlich und fern vom einzigen Sinn.

Die Erwartung vergibt keine Namen, das tut nur die Erfahrung. Daher kaut der Bereite seine Sprache wie eine berauschende Wurzel.

In der Sprache klingen die Signale nach, wie in der Wohnung des gerade Verstorbenen das Telefon noch hin und wieder läutet. Doch der (in der Sprache) Angerufene ist nicht mehr da. Alles wirkt hier so bewohnt wie früher und der für immer geräumte Stuhl scheint nun selbst bereit, den Anruf entgegenzunehmen.

Daß sich in Sprache noch jemand oder etwas verriete, ist eine sprachlose Unterstellung. Sprache verrät heute weder den Unmenschen noch den Leermenschen oder gar den wahren Wohltäter. Denn sie ist nur ein großes Nachtönen, in dem kein Stil mehr Eigenschaft genug besitzt, keine Stimme genügend mehr stimmt, um die Weise eines Menschen zu modulieren; einen Charakter zu erkunden, verlangt zahllose Feinbestimmungen im diffusen Hof seiner Verlautbarungen. Die einen sprechen klug fehl, die anderen dumm fehl. Was unterscheidet das schon? Sich übersprochen zu haben, erträgt das ganze Menschengeschlecht.

Max Picard: »Die Sprache kann nur bestehen, wenn ein über alle Menschen Hinausgehendes, ein Höheres da ist, das Vorgegebene, sonst hat sie kein Maß.«*

Doch ist auch das ihr Vorgegebene aus ihr selbst entäußert.

Aus den Eigenschwingungen der Sprache geht das Begreifen ihrer Ursprünglichkeit ja hervor, wie aus dem endlosen Wellenschlag des Meers ein zufälliger Lebenskeim.

»Es will uns scheinen, als ob es auf der Erde ein Bild gebe, das vor allen Worten den Vorzug hat und das in den Zeiten wartet. Jedenfalls ists in den jungen gotischen Formen am meisten das Übergewicht einer ahnbaren

* Max Picard, *Fragmente,* Erlenbach-Zürich 1978

Bildhaftigkeit über dem unaufhörlichen Monolog des Wortes.« So Konrad Weiss bei Betrachtung der Naumburger Stifterfiguren.* Daß aber der Sprache heute beliebig viele Bilder zufliegen, ist eher ein Zeichen ihrer Schwäche, indem sie sich von einem verborgenen, ahnbaren Bild, das sie überragt, nicht mehr gefordert, nicht in der Verantwortung fühlt.

Das Wesen des Sprechenden besteht nun aus Flucht. So sehr er sich zusammenfassen will, strebt doch das Innerste auswärts, auswärts immerzu, den alten, oft durchquerten Korridor entlang, an den die halb geöffneten Türen grenzen, Spalten, durch die man Menschen nur in Umrissen, Begebenheiten nur für Sekunden wahrnimmt. Da man in kein Zimmer hineingehört, sondern in diesem unsäglichen Haus nur laufen kann, nicht wohnen, einem unbekannten Ausgang zustrebt, während Haut und Geist schon verderben und nur der Flur sich unabsehbar verjüngt, wird man hier nie ausruhen können, wird man, wenn's einer bezeugen müßte, hier auch nie gewesen sein.

Die magische Welt: die technische in vollendeter Selbstbezüglichkeit. Ein plötzlicher Zusammenschluß, der uns ausschließt, in Verständnislosigkeit zurückließe vor einem Wissen, das über sich selbst verfügt. Die Wächterrolle in einer Kultur wäre beendet. Der schweigende Dienst des Wärters folgte.

* Konrad Weiss, *Deutschlands Morgenspiegel,* Erster Teil, München 1950

Civitas Dei: Gemeinschaft aller Gläubigen, Seligen und Engel. Da die Gemeinschaft auf dem consensus beruht, so ist sie in geistigen Dingen unfehlbar. (Mohammed: Mein Volk kann niemals in einem Irrtum übereinstimmen.) Magischer Begriff des consensus. Der emergente Zusammenschluß der Systeme, der das Verstehen ausschließt, wäre der technologe consensus. In der Gestalt und Potenz der Übereinstimmung leistet die Technik alle Vorbereitung für die Angelokratie.

Überzeugungen, Gesinnungen, ideelle Bekenntnisse, Programme und Weltbilder, all die provisorischen Abgeschlossenheiten, die aus dem Ungleichgewicht des Geistes resultieren – im wesentlichen figuriert der Geist als der Komödiant des Geistes. In der Nähe, unter Aufsicht des Unbefragbaren bleibt ihm nichts, als beständig die Rollen zu wechseln.

Wir sind die Frommen des Verstehens, die Empathetiker. Uns lösen sich große, alte, ärgste Unverträglichkeiten in einer weiten Schale mit feinsten, modernsten Differenziermitteln auf. In der Ungerichtetheit der Schale vermehren sich unsere Affinitäten. Wie sollte jetzt noch jemand Heine gegen Platen halten? Nur noch der ganz Eigenmächtige oder der ganz Bornierte zieht sich hier mit Wertung aus der Affäre. Und dergleichen Entschiedenheit wirkt ja oft recht ledern und albern in einer historischen Situation, in der man sich den Zumutungen einer neuartigen, strapaziösen Toleranz erst einmal aussetzen sollte.

Er bemerkte stets Blässe und ›körnige Rückstände‹ bei Leuten, die sich derart entschieden gaben. Er selbst konnte es nicht mehr. Es versagte ihm die Position in den Knien. Vielleicht waren es Anzeichen einer tieferen Schwächung und vielleicht war diese gemeint, wenn er angab, unter ›zunehmender Synchronizität‹ zu leiden. Weitgehende Auflösung von Gegensätzen, auch des sogenannten persönlichen Geschmacks. Das Ziel mochte sein: Verschwommenheit neu zu gewinnen, ähnlich der, die das Kind erlebt, bevor ihm Zeit, Ding, Gesicht geschieden sind. Oder wie üppige, ziellose Vermehrung von Empathie, von Identifikationsquellen überschwemmt ... Wer wäre er, wenn nur Entsprechung, keinmal Gegensatz?

Er war jedenfalls bereit, der ›Schwächung‹ nichts entgegenzusetzen – außer seinem empfindlichsten Bemerken. Wie Forßmann, der Arzt, einst seinen Katheter, so wollte er nun ebenfalls im Selbstversuch die Sonde des Gedankens einführen ins Herz der Unvernunft.

Begierig, das Gemacht – Wie jeder Unbegreiflichkeit in Erfahrung zu bringen, kam er doch in einem schnell zum Schluß: Gott ist Gott. Und kein Gedanke. Die endlosen metaphorischen Versuche, das Numinose einzuberaumen in unsere Sprache, grenzen ans Lächerliche oder an Asebie. ER gehört nicht in einen paradoxen Gedanken hinein. ER wäre dort ein Wörtchen bloß. Ein Scharnier zwischen Gescheitheit und Geist. Ein Open-end-Effekt der Immanenz. Und dies sind die geheimen Blasphemien selbst der ehrwürdigsten Kirchenväter!

In Ermangelung von Einfalt bedarf es der höchsten Vorsicht, von der Allmacht Worte zu machen, aber kaum der philosophischen Spitzfindigkeit und ihres unruhigen Auf- und Abtrippelns vor einer versperrten Beweisführung. Wie beispielsweise der mit Hochrechnungen spekulierende »nüchterne« Valéry es vorführt. In seinen atheistischen Erkundungen beobachtet man den Umschlag von verbissener Skepsis in lästige Naivität. Vom Absoluten gleitet der Scharfsinn ab wie die Messer-spitze auf der Glaskugel. Hier ist dieser Geist nicht inspiriert, sondern schräg, zutiefst unangemessen. Bei einem Mann wie Valéry läuft das geradezu auf einen stilistischen Gottesbeweis hinaus. Was der wagemutigste und sicherste Denker so unbeholfen verfehlt, das muß anwesend sein, das muß es geben. Und sieh, wie es ihn züchtigt, diesen gewaltigen Verstand!

Gegenüber der Allmacht bleibt dem Menschen nur die Wahl zwischen zwei Verhaltensweisen: gehorchen oder vergessen. Alle übrigen Bemühungen seines Geistes sind zum Scheitern verurteilt. Er macht sich in jedem Fall zum Dummen.

Er selbst hatte sich nie gefragt, nie fragen können, ob er an die christlichen Wunder glaube (zur *Frage* fehlte ihm die Einfalt des Vorbehalts). Er hatte sie stets für das Anschwellen im Strom der großen Verwandlung gehalten, ja, für Verwandlungen eben. Und da er sich auch nicht fragen konnte, ob er einer Musik, die ihn bereits davontrug, traue oder nicht, kam er nie dazu, die christlichen Verwandlungen in Zweifel zu ziehen.

In seiner spätmodernen Verfassung, das war unvermeidlich, griffen ineinander die Module der gegensätzlichsten Regungen und Überzeugungen und wirkten auf ein Ganzes, das schwerfiel.

Schließlich war er ausgerüstet für das Absolute wie für das äußerst Relative. Für den Fanatiker und den Skeptiker, den Metaphysiker und den grenzenlosen Materialisten. Den Gnostiker und den Plotiniker.

Für das Neue – das es immer auch gibt, obgleich es inzwischen keinen allgemeinen Einschnitt mehr bedeutet, sondern nur einen weitertreibenden Strudel, eine wichtige Störung im breiten Fluß der Ereignisse; aber auch für das Wiederanknüpfende und Überlieferte, für das östliche und das westliche Zeitempfinden ...

Stetes Schwanken. Etwa zwischen der Ahnung, daß sich das meiste in weit komplizierteren Formen bewegt und erhält, als es uns, deren Bewußtsein übersät ist mit Skotomen, schützenden Blindheiten, gegenwärtig erkennbar sein kann, und der bitteren Bequemlichkeit der Negation, die allenthalben Minderung, Abschied, Gefälle ausmacht, ja, begierig danach ist, weil es ein schlecht angepaßtes Geschichts*gefühl* so verlangt.

Was wollte Gombrowicz zuletzt noch schreiben? Der Mensch mit dem Schmerz allein, nur noch Einer und eine leidende Fliege vor sich ...

»Die Gedanken selbst sind die Ursache für ihren Fluß.« In der Wahrnehmungspsychologie spricht man von dem Haufen, dem Halo alternativer Versionen einer wahrgenommenen Situation, der dadurch suggeriert wird, daß wir über sehr viele Merkmale einfach hinweggleiten, indem wir, was tatsächlich ist, unentwegt mit dem vergleichen, was unserer Vorstellung nach hätte sein können. In der »Verrutschbarkeit« des Erkennens wird die Gestalt ermittelt, im Halo des Mitverstehens, des Drunter- und Drüber-Verstehens die brauchbare Mitteilung ... »in jedem wirklich kognitiven System muß es Organisationsebenen geben, die es gestatten, daß aus einer starren Syntax auf unterster Ebene eine fluide Semantik auf oberster Ebene hervortritt.«*

Der Geist besteht aus Entgleiten. Wo er an etwas festhält, verstößt er gegen seine Natur, das ewige glissando der Erkenntnisse. Seine einzige und ursprüngliche Leidenschaft ist es, vom Hundertsten ins Tausendste zu gelangen.

Von wieviel und wie tiefem Verruf müßte sich Technik befreien, um im Denken endlich mit dem Menschen zusammenzurücken!

Jeder meint es zu wissen: Öde und Tod ist mit ihr, Alleszerstörerin.

Meistert man aber auf Dauer mit dem Verruf, der letztlich nichts anderes als überheblich-ängstliche Kritik ist, die demiurgischen Zumutungen der Technik? Ist sie nicht öde nur deshalb, weil wir der Eile der Veränderungen, die sie verursacht, nicht mehr mit den Kräften des Nachdenkens Herr werden? Wäre es nicht sofort anders, wenn die Kurven der zunehmenden Geschwindigkeit abflachten, wenn ein statisches Reich der Technologie sich in der Ferne abzeichnete? In den Wörtern, den Wissensmodellen – Holismus, Selbstbezüglichkeit – liegt eine andere Witterung, als sie die Heideggerschen »Ma-

* Douglas Hofstadter, *Metamagicum*, Stuttgart 1988

chenschaften« besaßen. Die Ökologie als Erbin der Idee des Ganzen kann auf den Rechner zur Darstellung von unübersehbarem Zusammenhang nicht verzichten. Die Netzwerk-Maschine ist hier bereits philosophisches Gerät.

In ihrer romantischen Periode überbietet sich die Technik an Sanftmut und Feingefühl. Entfernt die Schlote aus den Himmeln, läßt die Telegrafenmasten in den Wiesen und Tälern verschwinden und ersetzt sie durch unterirdische Glasfiber-Kabel. Heilt die Landschaft, verschönt die Städte, die Fabriken selbst werden kunstschön, sie nimmt alles zurück, was sie an Brutalität, Krankheit und Häßlichkeit früher einmal in die Welt gesetzt hat.

Die Freiheit einer Spannweite – zwischen Libation und Mikroprozessor, ausgeflügeltes Erfahren, immer zur Beute einer Synthese hin sturzbereit, etwa einer nur aus Gedächtnis bestehenden Neuen Welt. Rettbar ist alles: synkret. Rettbar sind die Originale in der Lage des Sammlers. Wo liegt Abendland? Waren wir einmal dort oder war es hier, wo wir jetzt sind? Wahr ist, daß wir den alten Zeit-Raum verlassen werden. Wir haben Mühe, all unser Zeug zur Abreise zusammenzutragen. Irgendein Teil scheint immer noch zu fehlen und irgend etwas wird sicher vergessen, sooft wir uns auch in der Wohnung umblicken und wiederholt in allen Zimmern, allen Ecken nachforschen, ob nichts liegenblieb.

Es wächst der Zeit-Raum, in dem die Nicht-Mehrs schwinden. Es kehrt, es könnte in sprunghaften Fristen manches wiederkehren, so daß man die Zeit nicht mehr nach Zyklus und Pfeil unterscheidet, sondern sie wie das Ganze eines Gedächtnisses durchreist, das selbsttätig, inwärts, eher nach neuronalen als historischen Prinzipien sich erinnert ...

Auf dem Weg aber werden wir klein und kleiner sehen, immer enger und innerer sehen, Anschauung verlieren, Wälder vergessen, Zaun und Fluß nicht mehr unterscheiden, Fels und gepuderte Wange nicht – aber den Gedanken selber erblicken in seiner endlosen Knospe. Um dann noch inwendiger zu sehen, wie er aus einer kosmischen Menge verschalteter Flecken und Fasern gemacht wird in einer wortlosen Sprache, und schließlich begreifen, daß wir durch und durch retikulär sind: ein Netz-Wesen, das nur noch Netz erkennen kann.

Derjenige, der viel Unpassendes beieinander hält, stünde unter dem Schutz des göttlichen Schelms, des Tricksters unserer Tage. Da er, statt Ordnung zu bringen, ein Vielfaches an empfindlichen Ordnungen anhäuft. Anders als früher der Histrione wäre er nun der Schauspieler, der keine Menschen, keine Botschaften, keine Ideen mehr verkörpert, sondern allein sein Schauspielertum. Es würde der im höchsten Grade selbstbezügliche Spieler zugleich auch der bestangepaßte sein.

»Für« oder »gegen« etwas zu sein, wie es im Zen heißt, ist das schlimmste Übel des Geistes.

Was sich bewegt, bewegt sich subideell.

Etwas ist oder etwas ist der »Mond im Wasser«, der vollkommene Widerschein – *zwischen* den Dingen. Denn der »Mond im Wasser« ist weder der Mond selbst noch ist, wo seine Phantomschicht aufliegt, Wasser.

Jakobs Kampf mit dem Engel oder »Du sollst keine Vergleiche bilden«. Alles, was heute uns bloß daran erinnert oder bloß so zu sein scheint *wie* dieser Kampf (der Kampf mit den würgenden Ideen, mit irgend etwas Überlebensgroßem), ist und bleibt dieser alte selbe fortwährende Kampf mit dem Engel. Du sollst nicht geschichtlich rechnen. Du sollst diesen einen Kampf für ausweglos und immerdar ansehen. Du trittst ein in seine nackte Buchstäblichkeit, in sein Einfürallemal.

Nicht ist erst der Anfang und dann der Gang der Minderung und des Vergessens. Anfangslos und immer ist der Grund, aus dem jeder entsteht, ein Ausriß davon das jeweilige Leben. Und dies ist voller Inschriften, voller Alles-Elemente, in jener besonderen Verteilung, die uns einmal gerade erträglich und dann wieder rein unerträglich ist, und die Die Zeit heißt. Es geschieht unter dem feinen Blütenfall des Nachlassens und des Aufgebens, daß die verschlossenen, umgreifenden Inschriften sich öffnen und viel mehr preisgeben als alles, was wir vor unseren Augen, vor dem Fenster, auf den Straßen gewahr werden, das rasch sich ändert.

Es gibt unter der einen Schädeldecke so viele Kulturen des Denkens, Empfindens und Wahrnehmens, wie es früher ungleiche Völker und Kulturen über den Erdball verstreut gab. Gleichzeitig ist es so, daß wir auf immer weniger Andersheit stoßen, sobald wir in die Fremde ziehen, wo in jedem beliebigen Winkel alle Muster von Bewußtsein, die wir fliehen wollten, ebenso gelten oder gerade hinbefördert wurden. Die vergleichende Wissenschaft der Religionen und Kulturen hat Ferne und

Andersheit zum Thema der Vermittlung gemacht und sie mithin getilgt. Es ist heute für den neugierigen Ungläubigen oder kulturellen Synkretisten nicht schwer, sich nacheinander und probeweise in einen Hindu, einen Marxisten, einen theosophischen Spiritisten, ja selbst in die Denkgewohnheiten des Neandertalers zu versetzen. Glauben, Meinen, Empfinden und sonstige Mentalprodukte aller Herren Länder und Zeiten stehen einem intuitiven Tourismus offen. Theoretisch kann sich der einzelne sein inneres Kleid genauso wählen wie sein äußeres. Insofern hat das Individuum noch gar nicht begonnen, das Wählen wird zu seiner Entstehungskrise. Freilich, das Kleid der Empathie – es spielt keine Rolle – der Träger spielt darin keine Rolle. Einen solchen kann man umbauen und umkleiden wie man will: es wird nie ein *anderer* daraus werden.

Derjenige, der die Lähmung eines polyethischen Verstehens erfährt, könnte wohl sagen: »und es zerfiel mir alles in Werte«.

Ethos: ursprünglich Sonnenstandpunkt, von dem ihr Tageslauf anhebt . . . »daß jeweils nur der ›Weltstandort‹ eines Menschen über Sinnesart und Wert seiner Person entscheidet.«*

Er griff, halb im Traum, fern von zu Haus, nach dem alten viereckigen Wecker mit vergoldetem Rahmen, der auf dem Nachttisch der Großmutter stand und so laut tickte, daß nur ein schwerhöriger Mensch dabei seinen Schlaf finden konnte. Er ließ seine Zeiger hängen, und als er ihn öffnete, war sein Gehäuse gefüllt mit zerbrochenem Mauerwerk. Er sah (hier, in der Fremde, weit

* Leopold Ziegler, *Apollons letzte Epiphanie*, Leipzig 1937

von damals) erschrocken zur Zimmerdecke hinauf und dachte: es wird das wilde Kinderspiel bei den oberen Nachbarn sein, daß dieser Mörtel einschlug in die innere Uhr. Oder war es immer eine *offene* Uhr? Wie könnte eine Uhr offen sein für die Zeit, die man hineintut? Waren es vielleicht Wände, zerfallende Decken, Häuser, Stiegen und Fenster, von denen sie sich ernährte? Besitzt sie denn keine Selbständigkeit? Braucht sie Stoff, Material, Gemäuer! – braucht sie ein *Angedenken,* um zu laufen? Die Uhr enthielt ganz und gar Zerbrochenes; offenbar hatte sie noch versucht, es zu mahlen, als feinen Staub wieder auszuscheiden, doch dabei hatte sich das Räderwerk festgeritzt, verrammt und war schließlich stehengeblieben.

Auf einer Bank über dem Flußtal sah er sich sitzen, es stürmte, aus hechtgrauen Wolken schnürte der Regen, doch er war in seiner sichersten Hülle, er war zu Haus. Und zugleich von einem bitteren, unstillbaren Einstweh ergriffen, denn auch der Traum ließ ihn nicht eins sein mit dem, was war.

Nicht nur der Wanderer wandert, sondern auch die unerreichbaren Orte. Die Utopien wandern von ganz fern und ganz gedacht nach innen mit den Jahren und besetzen das Gewesensein.

»Und die Sterblichen verlangen nur dieses eine: wie vordem.«*

Dieselbe Sehnsucht, die einmal offen und ziellos war, bewirkt, daß eines Tages ein Vermissen entsteht, die

* Cesare Pavese, *Gespräche mit Leuko,* Düsseldorf 1989

Verklärung eines tatsächlichen, abgeschlossenen Geschehens.

Es ist aber viel schmerzlicher zu erfahren, *was* einem fehlt und genommen wurde, als bloß zu wissen oder nur zu spüren, daß etwas fehlt und noch nicht da ist. Die Erinnerung ist eine von anschaulich Unerreichbarem erfüllte Sehnsucht. Stiche von Düften, Bildern, Stimmen.

Die Masse des Unerreichbaren bleibt immer gleich; sie fließt von einem Kolben der Sanduhr um in den anderen: das Unerreichbare, das uns später innehalten und zurückblicken läßt, unterscheidet sich von dem, das uns einst antrieb, nur darin, daß es ein Gesicht besitzt.

Alle Erhebungen des Herzens immer im geschauten Vergehen, alle Schrecknisse immer Schrecken der Neuerung. Warum? Warum verführt das Leben nicht mit seiner unendlichen Melodie?

Was tut man nicht alles, um das Einstweh zu stillen! Kein Erzählen, kein Erinnern, nicht der tiefste Roman füllt diesen Zeitenschlund. Keine Kunst, kein Wissen, keine eigenen Kinder, nichts hilft darüber hinweg. Unzählig die Taten des reifen Lebens, die es besänftigen, überdecken wollen. Am Ende ist es der alte Kummer, der urtümlich-unbewegliche Kummer, der dich mit hornigem Schild umgibt, einem Panzer der Abgewandtheit, einem geschlossenen Gewölbe des Vermissens. (Es bleibt bei der klaren Verwendung des Wortes Vermissen, das sich strikt auf Gewesenes bezieht. Wer das Fehlende im Noch-Nicht ausmacht, ist eigentlich nur ein Roßtäuscher des Herzens und gibt den Kummer für Verheißung aus.)

Aus dem Kummer, aus dem aufrichtigsten Gefühl des Menschen, wird nie ein Manifest hervorgehen, kein Vorschlag für die Welt, sie in dieser oder jener Gestalt zu sehen, keine Lehre, keine Prophetie; er ist die entschiedene Trennung von allem, was sich verallgemeinern läßt, und eine zuverlässige Abwehr jeglicher Gefolgschaft.

Er macht beinahe alle Sinne schwer und ungeschickt: das Sehen, die Zunge, vom Geschlecht nicht zu reden. Nur das Gehör – sein ganz und gar artgemäßes Organ! – zeigt eine grenzenlose Regsamkeit, ihn durch giftige Außenreize, Lärm und falsche Fröhlichkeit, ständig zu erneuern. Das schutzlos weltoffene Ohr, der unabrufbare Spion draußen auf weitem Feld, dem man den Rücken kehrte.

Der Kummer läßt die sinnliche Lust bis in die Erinnerung an eine früher je empfundene ersterben. Er zeiht den liebenden Körper der Scharlatanerie. Der Kummer ist eine Kugel, die mit der Weltkugel zusammenstößt, ohne daß Funken sprühten oder Sporen von einem ins andere hermetische Gebilde wanderten.

Kierkegaard: »Mein Kummer ist meine Ritterburg; sie liegt wie ein Adlerhorst auf der Spitze eines Berges und ragt hoch in die Wolken. Niemand kann sie stürmen. Von diesem Wohnsitz fliege ich hinunter in die Wirklichkeit und ergreife meine Beute. Aber ich halte mich nicht unten auf; ich trage sie heim auf mein Schloß. Was ich erbeute, sind Bilder; die wirke ich in eine Tapete und bekleide damit die Wände meiner Zimmer. So lebe ich wie ein Abgeschiedener. An jedem Erlebnis vollziehe ich die Taufe der Vergessenheit und weihe es der Ewigkeit der

Erinnerung. Alles Endliche und Zufällige wird abgestreift und vergessen. Da sitze ich, gedankenvoll, ein alter grauhaariger Mann, und erkläre mit leiser, fast flüsternder Stimme Bild um Bild; und neben mir sitzt ein Kind und lauscht meinen Worten, obwohl es längst alles weiß, was ich zu erzählen habe.«*

Die reinen und strengen Empfindungen sind zugleich konturlos, sie finden an keinem anders gestimmten Gedanken oder Erfahrungsgehalt mehr ihre Grenze. Sie verlaufen in die neutrale ›Farbe‹ der Zeit. Das Schwarz des Kummers wird nicht durch irgendeine Gegenregung, sondern nur durch sein Verlaufen in die Stunden aufgehellt.

Jede Form für das Unformbare, das sich nur ausbreitet, um die unbekannte, unwiderstehliche Frequenz wiederkehrender Motive zu ermöglichen, jeder Versuch, dem Fleck und der Diffusion eine *andere* Form aufzuzwingen, würde den sofortigen Sturz der gesamten Schwingung, den Abbruch der Lebenslinie zur Folge haben.

Alle Bewegung ist nur wie Aphel und Perihel der Erinnerung: Herkunftsnähe, Herkunftsferne. Nie aber wird der Umlauf selbst verlassen.

Dies da, Höhlengrau, läßt sich nur in der Dämmerung wahrnehmen. Grauer Blick zu grauem Bild, in der Dämmerung der ganzen Person. Windungen, Furchen, Ventrikel, Taschen, Zysten, Kammern jeder Größe. Dort,

* Sören Kierkegaard, *Diapsalmata zu »Entweder-Oder«*, Köln 1960

dritter Ventrikel im Höhlengrau, Sitz der Erinnerung, sagte sein Vater gern. Ach, veraltetes Wissen. (Im Bewußtsein hat nichts seinen festen Platz.) Gutes, gesundes, wohltuendes Wissen, das vorüber ist. Zu nichts mehr zu verwenden, ruht es, strahlt Ruhe aus.

Sein Erleben war das Missen. Erinnerung, die nicht von der geballten Ladung Verlust gesprengt wird, ist keine tiefe. Die wahre Erinnerung entflieht auf den Bahnen der Sprengung und fällt in verstreuten Brocken in die Ebene der Gegenwart.

Wie sollte er *etwas* sagen, solange ihn das, was fehlte, nicht freigab? Ihm war nicht et-was, sondern ab-was vorhanden.

Das Abwas ist ein Ding der Abwesenheit und scheinbar ein Ding der Erinnerung. Doch ist seine Aktivität die eines Trichterlochs: es tilgt, es saugt, es entwendet Erinnerung. Ein Abwas besitzt tausend Saugmünder, ist ein einziges weltabsaugendes Plasmodium.

Wenn das Abwas jedes Etwas tilgt: wenn zum Beispiel ein vermißter Mensch deine ganze Gegenwart ausfüllt, mehr als je seine Anwesenheit es vermöchte.

Kommen und Gehen, Auf und Ab, Wiege und stetes Schwanken. Dieselben Dinge nähern sich, entfernen sich. Dieselben Dinge sind heute ein Geheimnis, morgen eine öde physische Gegebenheit. Das Erkennen schaukelt wie ein leerer Kahn auf den Uferwellen. Du kannst dich nicht dagegen wehren, dreimal in der Minute vom Nichts berührt und vom Leben zurückgerissen zu werden. Man zählt die Welt mit 0 und 1. Das ist bezeichnend genug. Aus der hellen Freude, die schon das Kindchen hat, wenn ein Augenpaar über der Tischkante auf- und abtaucht, entsteht der Taktschlag des Wissens. Annäherung und Rückzug, heißt es, bilden die Vorläufer von Ja und Nein. Wen wundert es, daß wir nirgends so geborgen schwanken wie zwischen echten Gegensätzen? Es ist die schaukelnde Welle, die mit dem Licht spielt, die eckig glitzert wie ein Kristall, die weder Kamm noch Schaum bildet, deren Geschichte nicht in Fortbewegung zählt, sondern in Lichtwechseln, Reflexen, Windmalen, in den Besuchen der Insekten auf ihrer gespannten Haut. Man war diese flache Welle und schaukelte ohne Ziel und Drang vom Mutterleib bis zum Abtransport.

Julian Jaynes, der Psychohistoriker, meint, daß es eine Zeit gegeben habe, in der das menschliche Wesen in zwei Teile zerfiel: einen Lenker und Leiter namens Gott und einen Gefolgsmann namens Mensch. »Die Menschensprache war aus dem einen Grund mit nur einer Gehirnhemisphäre verknüpft (der linken): damit die andere freiblieb für die Sprache der Götter.«

Lesen als Halluzinieren. Lesen der Keilschrift: Halluzinieren der gesprochenen Rede. Die Götter sind ursprünglich die Toten. Die Kultur der La Venta im Hochland von Mexiko kennt eine erstaunliche Vielfalt von Statuetten mit aufgesperrtem Mund und übertrieben großen Ohren.

Ja, daß die Gemeinschaft das eigentlich Mystische (zutiefst Unverständliche, Berührendste) ist am Menschen, gleich, ob es sich nun um den Stamm oder die moderne aufgeklärte Gesellschaft handelt. Zusammenhang und Bewegungsgestalt vieler dient zu mehr als bloß alltäglichen Zwecken: Organismus eines Verstehens, dessen Aufbau und Grenzen der einzelne unmöglich abschätzen kann und das ihm nur in der membranhaften Nachgiebigkeit seines eigenen Verstehens bemerkbar wird.

Das Selbst ist innen wie außen Abtausch und Widerhall. Wenn überhaupt jemand, so besitzt es die Gesamtheit der anderen.

Das Hirn verarbeitet Außenwelt, indem es sie erschafft. Die Poesie reagiert mit einem ähnlich autonomen Verlangen nach sich selbst. Niemals schuldet sie irgend etwas einem unmittelbaren Eindruck. Was man wie einen Hieb von draußen, aus der Anschauung empfängt, war schon als Zufallssprung aus einem ständigen Metaphernbilden vorgegeben. Dies geschieht, ein winziges internes Ereignis, und sorgt für den Effekt, als ob es von außen in die Augen spränge. Es läßt sich nicht beabsichtigen und nicht provozieren. So wie wahres Schweigen nur unvermittelt zwischen Wörtern entsteht.

Daß wir unseren Kopf noch in die Sonne lehnen, und doch steckt er fest unter der Haube von künstlichem Schein, die beinahe lichtundurchlässig ist. Wie schwer wird es einst sein, in der Sonne zu sitzen und das Wohltuende langsam auszugraben wie eine Scherbe unter den vielen Schichten künstlich stimulierter Empfindungen ... wie viele Augenblicke verbringen wir nicht jetzt schon wie rätselnde Archäologen in unserer eigenen Gegenwart! Der technische Rekluse, die Ganzwelthaube über dem Kopf, gleicht dem Anachoreten in der Wüstenhöhle, dem die Welt in den Visionen der Versuchung erschien: präsent war.

Der zerschlissene Mensch in seinem einzigen, einst königsblauen Overall, verdreckt, mit einem Pflaster auf der dünnen Backe, trat in die U-Bahn, und irgend etwas Eben-noch-Bewußtes, Reste seiner zerfetzten Selbstvergewisserung sagten ihm, daß er falsch eingestiegen war. Sein Kopf zitterte leicht voraus dem Verstehen, zitterte wie eine Nadel an einem Detektor oder uralten Seismographen. Der Kopf, der brüchige Bienenkorb da mitten auf seinen Schultern, dies Ding zur Hinhaltung des Todes, war kaum mehr noch als ein kleines Frühwarnsystem, das das verbrauchte Individuum davon zurückhalten sollte, stets und überall das Falsche zu tun, die schlechteste Richtung zu wählen. Kurz bevor die U-Bahn anfuhr, verließ der Zerschlissene den Wagen wieder. Oh, all die Abgerissenen einer Stadt, die schnell in die Züge treten und kurz vor der Abfahrt wieder hinauslaufen!

Die freien Wege erfindet die Box, cysta cogitans, und alle führen in sie zurück.

Wir tasten im schwarzen Korb nach der Stelle, wo das bleichere Dunkel, die Wörter . . .

Er entdeckte am Leib des anderen überall ein ähnliches Faltenschema: unter dem Auge, im Genick, auf dem Handrücken, am Geschlecht. Ein Sigel? Für wen? Wir – wir andere, Betrachter wie Gezeichneter – können es bemerken, aber nicht deuten, nicht lesen. Die Formen verständigen sich untereinander, sie brauchen den Menschen und seine Auslegung nicht. Die Formen der Welt befinden sich in einem unablässigen Gespräch, in unablässiger Fern-Fühlungnahme, reagieren, antworten, weisen aufeinander, sie schaffen, sie erspielen aus ihrem Variantenübermut ein Gesetz, sie halten sich schließlich an Regeln, die wir nicht kennen. Wir können sie nur beobachten, klassifizieren, wir stellen mühsam ihre Ähnlichkeiten und Veränderungen fest, während sie über Raum und Zeit hin sich lebendig zueinander verhalten und das erschaffen, was wir Sehen und Gesehenwerden, was wir Ding und Organ nennen. Formen selbst sind jener Geist, der über den unseren sich unterhält.

Form ist nicht nur Marmorlinie. Nicht nur schönes Versprofil. Form ist auch: unabsehbare Form.

Bei Schlegel zuerst: daß es ein noch nicht in Idee und Fiktion auseinanderfallendes Projekt gibt – und die Einheit, die Wechselbeziehung der beiden auch nur als Projekt weiterzuführen ist; daß nur Verbindungen zählen, Pässe, nicht der fertige, durch Form getilgte Stoff. Formen sind eben auch Bewegungsformen. Oft geschehen sie in Bereichen der literarischen Materie, wo der Beobachter-Leser nicht zugleich Schönheit und Eile eines Gedankens, einer Chiffre bestimmen kann – beides ist so ineinander übergehend, daß man entweder die Schönheit oder die Flüchtigkeit selbst zum Erkenntniswert nimmt. Etwas ist schön: so schnell es sich innerlich auch bewegt, es ruht. Etwas ist flüchtig: so schön es auch sein mag, es fliegt vorüber. Formen sind Nervenformen, Gittersprünge, Gedächtnisläufe, organische, technische Morpheme, die die Trennung von Innen und Außen, von Materie und Geist, von Empirie und Imagination aufheben; Mikroprozesse, Systemverwebungen, die insgesamt von keiner Ursache herrühren und zu keiner Schlüssigkeit tendieren.

Alles Unübersichtliche läuft indessen Gefahr, eines Tages dem groben Schnitt, der begradigten Linie zum Opfer zu fallen. In einem eutrophierten Bewußtsein, von zuviel Abfall-Einleitungen erwärmt, beobachtet man zuletzt ein ungesundes Ideenblühen. Ein solches ist auf Dauer nicht zu halten – nicht auszuhalten.

Benn, später, über den expressionistischen Dichter: »Zucht will er, da er der Zersprengteste war; und keiner von ihnen, ob Maler, Musiker, Dichter, wird den Schluß jener Mythe anders wünschen, als daß Dionysos endet und ruht zu Füßen des klaren delphischen Gottes.« Das war der Verrat. Er geschah indessen nicht aus Opportunismus, sondern aus tiefster Sehnsucht nach der Linie.

Die Abwehr von Buckeln und Zacken, von Knäulen und Wirbeln: der totalitäre Begradigungsdrang nicht der Vernunft, sondern des Willens, der Konstruktivismus der Sehnsucht und des Wünschens, das widernatürliche Streben nach Reinheit, Einfachheit, Klarheit – die Worte sind die schlimmsten Weißwäscher – als ginge es darum, das Heil in der Befreiung von Komplexität zu suchen, im Antiorganischen, in den Fiktionen des Ebenmaßes. Auch Werte haben Buckel und Zacken.

Gleichwohl sind wir *der* Entwurf wider die Natur und betreiben ihn weiter und weiter. Der Mensch überlebt nicht als wohlangepaßter Öko-Insasse eines »komplexen Biotops«, sondern er überlebt, indem er davon eine abstrakte Vorstellung gewinnt, ein präzises Wissen, schließlich eine Idee als modus operandi. Wir ahmen nach und halten dagegen. Inzwischen ist es soweit gekommen, daß sich der Mensch zum Arzt und Heiler der Natur bestellt sieht, eine Rolle, für die ihm kein mythisches Vorbild zur Anleitung dient, für die ihn weder ein heidnisches noch ein christliches, am allerwenigsten aber ein gnostisches Weltbild vorbereitet haben. So wird die Retabuierung der Natur zur Originalleistung seiner Rationalität. Die hylische Welt kann nicht länger zum Reich der Finsternis gehören. Wir sehen jetzt: das Dunkel besteht seinerseits aus feinsten Lichtrastern. Dinge, unterste Materie, besitzen ein Eigenleuchten. Die Aussaat des Lichts, die Aufteilung von Gut-Böse-Quanten ist anders, als das manichäische Schema es vorsah.

Die große Vermengung gebiert Riten. Niemand hatte sie erfunden oder wieder ausgegraben. Keine politische Partei, kein Gesetzgeber sie angeordnet. Die Menschen taten Dinge *regelrecht,* die sie zwar nicht verstanden, die aber ihrem innersten Ordnungsbedarf entsprachen.

Sie bildeten, ohne es eigentlich zu beabsichtigen, eine Art Loge untereinander, eine weitverzweigte Geheimgesellschaft mit selbsterfundenen Zeremonien und Weihegraden – eine künstliche Insel wohlgeordneter Verhaltensweisen inmitten der unübersichtlichen Zeitläufte. Eine solche Bruderschaft freilich produziert in bestimmten kritischen Zuständen zu viele Zeichen, wuchert aus in kleine und Kleinstrituale, das Verhalten wird immer formaler, die chiffrierten Mitteilungen zerfallen in immer mehr Nebenbedeutungen, und schließlich erzeugt gerade eine streng beschränkte Ordnung die allergrößte Verwirrung.

»Ich bin hergekommen, um mich Regeln zu unterwerfen, die einfach sind und nicht austauschbar. Wenn ich aber sehe, was das alles zu bedeuten hat und gegenbedeutet und nebenbedeutet und überbedeutet und randbedeutet ... das wächst mir allmählich über den Kopf. Wenn ich z.B. niederknie und mir von Esdra oder Hennoch auf meine Fingerspitzen pusten lasse, dann ist das ja, so weit, so gut, ein verläßlicher Grundschritt. Aber ich muß gleichzeitig die Augen fest verschließen, ein Pentagramm auf meinem inneren Bildschirm abrufen, einen Bleistift auf dem Scheitel balancieren, mich in meine Geburtsstunde zurückversetzen und dazu noch das Ganze – berühmte Doppelschiene! – als das unziemliche Ganze empfinden, denn das wahre Ganze ist niemals das, was ich tue und auch nicht das, was ich je zu tun imstande wäre. Ich muß also etwas anstreben, indem ich es, am äußersten Ende des Strebens angelangt, – mit dem Rest der mir verbliebenen Strenge und Leidenschaft gewaltsam verwerfe ... Nicht nur das. Ich muß mich selbst schonungslos geißeln dafür, daß ich in meinem Streben nur so weit wie befohlen gestrebt bin und den teuflischen Knick, von dem aus das alles rückgängig gemacht und verworfen wurde, nicht ›wie von selbst‹ zu überwinden imstande war, obwohl mir auf Stufe Drei, auf der ich mich nun einmal befinde, gar nichts anderes obliegt, als diesem verdammten Knick zu gehorchen, und selbst wenn ich über unerhörte, alles überwindende Strebenskräfte verfügte, dürfte ich sie als Adept der Stufe Drei niemals voll einsetzen, ich *muß* sogar immer etwas aufsparen, um mich eines unzulänglichen Strebens anschließend mit ausreichender Leidenskraft bezichtigen zu können. Das ist das willenstötende Prinzip des Ja und

Wider-Ja. Das ist das Oval der Stagnation – so heißt diese Stufe –, von der nur ein erfahrener Meister und nur zur rechten Zeit, aber niemals ich selbst mich erlösen könnte. Dabei ist mir noch nie ein Bleistift vom Kopf gefallen.«

Es kam soweit, daß zwischen den Eingeweihten eine unverfängliche, direkte Mitteilung nicht mehr möglich war. Kein Wort, das sich noch von selbst verstand. Man befleißigte sich einer besonders gewählten, kryptomanen Ausdrucksweise, bei der jede Floskel als Code für eine weit vom Wortsinn entfernte Bedeutung zu gelten hatte. So konnte ein Ausspruch wie »Die Erde wusch sich rein im Morgentau« – unter ganz bestimmten Umständen ausgesprochen – soviel (oder sowenig!) bedeuten wie: »Darf ich eintreten?« Die kriegsähnliche Produktion hochverschlüsselter Mitteilungen spaltete die Gesellschaft allmählich in viele verschiedene Bünde, die sich voneinander in ihren Sprachbotschaften abriegelten. Die Menschen in dieser zerfallenen Bruderwelt sprachen sich zunächst mit sonderbaren Paßform-Sätzen zum Gruß an. So sagte zum Beispiel einer: »Mit meinen Augen träum' ich Asphodelen-Hänge –« und wartete, bis der andere etwa ergänzte: »Mit meinen Augen messe ich die Lichterkette an der Uferpromenade«. Erst wenn dieser Anschluß stimmte, sprachen sie weiter miteinander, und zwar in vertieften Klauseln, um herauszufinden, bis zu welchem *Grad* der andere ein Eingeweihter war.

Wenn Zierat, Ornamente jede Form überwachsen, letzte Form sind ...

Die Teilungen, die beschleunigten Gabelungen der Regeln und Muster produzieren ein Übermaß an Verschiedenheit; das Individuelle nimmt derart zu, daß kein

Regelwerk, weder Versicherung noch Steuergesetz, weder Verkehrsplanung noch Textilindustrie dem zügellosen Bedürfnis nach Individualität gerecht werden können. Es herrscht nur ein einziges Gesetz: die Unvergleichlichkeit. Die Leute individualisieren sich ins Chaos. Sie akzeptieren nichts Gleiches, nichts Regelrechtes, nichts Doppeltes, weder im Konsum noch im Versorgungszuschnitt. Vielleicht handelt es sich um eine kollektive Überreaktion auf den Kollektivismus ... Verzweigung: man stelle sich einen einfachen Mantelknopf vor. Ein mit sich selbst identisches Ding. Es teilt sich: in Wirklichkeit vermehrt es sich; es besteht aus biotisiertem Material, ist ein synthetisches Bakterienprodukt, und so wird es zu zwei vollkommen verschiedenen, in Größe, Struktur, Form und Farbe unvergleichbaren Mantelknöpfen. Das ist die Massenproduktion der Einmaligkeit.

Das Entsetzen der Anomalie: es gibt nichts als Ausnahmen ... nur das wäre Chaos.

Als hätte der, der mit dem Ohr an der Natur lebt, nichts getan, um sie zu bezwingen oder zu überlisten! Es gibt keine menschliche Naturergebenheit – außer im Sterben. Jeder Gedanke bezwingt ein Nicken der Blume. Alles Denken ist ein Begradigungsdelirium. Bezwingung aufgeben hieße: keine Schönheit mehr erkennen. Jedes Heilige ist ein konstruktivistisches Ideen-Monument wider die Natur. Die Gebote, die die Schönheit und die Scheu auferlegen – welche Radiation wäre vonnöten, damit alle/sehr viele sie empfingen?

Von hier ginge strahlenförmig aus das leichte Lineament einer retabuierten Welt.

Die Alten hielten Begrenzungen heilig. Wenn man bedenkt, wie selbstverständlich, wie »kostenlos« das Tabu schützte und welche mühevollen Umwege die Aufgeklärten nun gehen müssen, um nach der verheerenden Tabuzertrümmerung, die Natur und Seele gleichzeitig betraf, dem gewalttätigen Verfügen wieder Sperr- und Schutzzonen entgegenzurichten.

Der Geist macht lauter Konstruktionen wider die Natur. Vom Ursprünglichen oder Fundamentalen z.B., einer verbohrten Einbildung, gefährlichen Erfindung, weiß die organische Welt nichts. Sie besteht aus komplizierten Wechselbeziehungen, nicht aus grundsätzlichen Gründen. Bisher ist ihr ein Ur-Sprung nicht eindeutig nachzuweisen – und selbst wenn dies geschähe, so spielte er im Prozeß eines sich selbst organisierenden Universums nicht die *primäre* Rolle.

Verknüpfungswerke sind derb und ungleichmäßig. Sie scheuen den Webfehler, die Unschönheit nicht. Sie suchen nur: Dichte, Zerreißfestigkeit. Die Mathematik erstrebt die reine Stimmigkeit. Das Leben die Tolerierbarkeit des Falschen, vgl. Minsky, *loc. cit,* aber auch Rudolf Kassner: den Sehenden kümmert das Flache mehr als das Falsche.*

Die Kunst hat sich in Lebensnähe ebenso bewährt wie in Lebenswidrigkeit, in der organischen Metamorphose genauso wie im konstruktivistischen Gegenbild. Fleck und Linie, Markt und Orden, Formel und Netz. Dazu

* Rudolf Kassner, *Der Einzelne und der Kollektivmensch,* in: Sämtliche Werke, Bd. VI

noch gilt: das Künstliche ist organisch wie das Organische. Der Geist bringt kristalline wie vegetabile Formen hervor.

Was für eine Welt, da sich der Dichter noch der Anschauung hingeben durfte, um die Natur der Dinge zu ergründen! Ein Sommerwald, ein Mineral, ein pockennarbiges Gesicht – und nun in die konturlose Schwingung der Materie verstoßen, da alles Wesentliche im Unsichtbaren geschieht. Seit langem sind Einsichten in die Natur nicht mehr eidetisch, sondern technisch inspiriert. Der Computer ist das Mikroskop der heutigen Naturforscher. Aber ist Sprache dem Unsichtbaren nicht wesensnah verwandt? Hat sie nicht eindrucksvoll vom Numinosen gezeugt, vom Denken selbst und dem geheimsten Gefühl? Nun tritt eine physische Wirklichkeit hinzu, die sich dem Auge entzogen hat. Die Sprache, die von ihr zeugt, entfernt sich von den äußeren Umrissen der Gegenstände, wird Teil des Nebels, der Wolke und des Winds. Der Hof und die Streuung von etwas wird ihr wichtiger als seine ›Festigkeit‹, seine Feststellbarkeit. Die Anklänge, das Mitverstehen wichtiger als die ›konkrete Bedeutung‹. Sie spricht gewissermaßen selber hochgradig zerstreut.

Die Materie hat ihre letzten Hüllen fallen lassen; es ist unwiderruflich und unverdunkelbar alles zur Kognition gebracht. Der Stein strömt und mein Auge strömt. Kein Gegenüber blieb erhalten. Doch hinter dem Auge trennt uns ein pedantisch Ordnung schaffender Geist aus der gemeinsamen Verschwommenheit.

Man schreibt, daß die glatte Linie veraltet sei (z.B. die von Josef Albers), überholt, letztlich gar unmenschlich; einfache Formen seien unmenschlich, verwehrten dem Auge die Freude an der Unebenheit natürlicher Gebilde. Die Menschen wollen fraktale Strukturen sehen: wie sieht ein Baum wirklich aus? Das könnte zu einer neuen ästhetischen Engstirnigkeit führen, nun auf Mandelbrot-Basis.

Die Unebenheit, Quell aller Freude. Doch was geschieht, wenn ich mich in der unruhigen Schönheit fraktaler Gebilde auf dem Bildschirm verliere, im unendlichen Spiel der Selbstähnlichkeit? Laufe ich nicht Gefahr, von den Abstraktionen des Organischen, von der Musterkollektion der Natur vereinnahmt, mitgerissen zu werden – was da strömt, strömt auch durch mich, ist die Formenwelt meiner Adern und Gefäße –, laufe ich nicht Gefahr, meine Antwort zu verlieren, nämlich etwas dagegenzusetzen, die Verbindung zu einem konstruktiven Jenseits der Natur aufrechtzuerhalten und zu bezeugen? Als technizistischer Ästhet, paradox gesprochen, bin ich der Ornamentik der Natur zu nahe, um ein Kunstmaß gegen sie zu erheben.

Gebrochene Dimensionen, in denen die zerklüftete Linie oder der Übergang zwischen Körper und Fläche berechnet wird, brauchte man auch für die res cogitans, die Begriffs-Körper, um etwa die natürlichen Verschlingungen der Gegensätze zu ermitteln: zwischen Ferne und Nähe, zwischen Schein und Sein, Tiefe und Oberfläche, zwischen Schweigen und Redbarem gibt es keine glatten Schnittflächen. So gesehen, wäre der Manierismus zuerst eine Kunst der natürlichen Verläufe, eine Kunst ohne künstlichen Begradigungsdrang. Was ist *zwischen* Schein und Sein, Maske und Gesicht? Eine unendlich teilbare Strecke minimaler Übergänge. In Wahrheit gehen sie auseinander hervor, laufen ineinander über.

Alles Denken beginnt (im limbischen System) mit Gefühlstönen ... »Gedanken sind Stereotypen oder Vereinfachungen von Gefühlstönen ... Sie sind wie Karikaturen der Wirklichkeit«.* Der Fleck, die verlaufende, diffuse Form ist vor der Distinktion, und sie ist »viel mehr« als diese.

Als Konstruktivisten werden Geist, Gefühl und Wille immer wieder dem »Naturalismus« des organischen Gebildes etwas so Unnatürliches wie die Pyramide entgegensetzen. Hierarchie z.B. wird auch unter dezentralisierten Machtverhältnissen noch als Behausungs-Wert erinnert, in abgegrenzten Sektionen beibehalten oder im Krisenfall praktiziert. Es zeigt sich, daß es keine ausgeträumten großen Gedanken geben kann. Selbst das geozentrische Weltbild verbleibt im Herzen unseres Gedächtnisses und wird nicht aus seinen leblosen Archiven geholt (immerhin elf Prozent der Bevölkerung, so ergab kürzlich eine Umfrage, bekennen sich nach wie vor zum Almagest). Längst widerlegte Weltanschauungen bilden im Bewußtsein eine ideelle Rücklage und werden in der Sehnsucht des Komplexen nach seiner Andersheit wieder aktiv. Es ist unser Bestreben, die Welt zu begradigen, wo immer wir das geringste von ihr erkennen. Dem entspricht, daß wir in der Krise immer auf das Einfache zu-

* Paul La Violette, zit. nach John Briggs/F. David Peat, *Die Entdeckung des Chaos,* München 1990

rückgreifen, als läge es der Menschennatur näher als das Komplexe, das letztlich für eine überflüssige Verwicklung gehalten wird, obgleich die Flechte mehr Halt verspricht als der stramme Faden.

Die große Regierung, die unerlaubte, mit ihren gewaltigen Quadraturen und kollektiven Ritualen, zentraler Macht und gezirkelter Ordnung ruht hinter geschlossenem Lid in einer imaginären, eigens für sie geschaffenen Schattenwelt. Lebensförmige Ordnung glauben wir inzwischen erkannt zu haben und praktizieren sie mit offenkundigem Erfolg. Markt, Netz, Autonomie, den ganzen ausladenden demokratischen Strukturenbaum vergleichen wir dem Meisterwerk des menschlichen Organismus selbst. Herrschaft aber aus der Quelle des Todes, Architektur der gebändigten Linie, kurz, das ästhetische Recht auf ein anorganisches Leben, kann sich nur in nächtlichen Konstruktionen erfüllen, das monumentale Imperium, wie es etwa, traumverhüllt, auf einigen Stichen von John Martin durchscheint; es bleibt insgesamt der Gegenwart der Kunst vorbehalten, die freilich oft mit solch dunklen Assoziationen unangemessen leicht betört.

Der Fleck und die Linie.

Er ist alles seelisch Gemeinte, nicht konturierbar, in mehrdeutiger Gestalt sich verlaufend.

Sie ist die gebündelte Helle, und ihr Mysterium ist ihr offenes Ende, ihre Unabsehbarkeit. Liebe ist Fleck, Schrift ist Linie. Gesicht ist Fleck, Schritte sind Linie.

Zwei Aussagen: man entscheide sich nicht!

1) Die Gedanken sind Organisationsderivate der Gefühlstöne. Abstraktionen vermitteln ein Abgeschlossenheitsgefühl, alles Denken kommt aus dem limbischen System und bleibt mit der Witterung in engster Beziehung.

2) Abstraktionen sind die höchsten Verdichtungszustände von Leidenschaft und sie suchen ihre Wirkung in sofortiger Erregung neuer Leidenschaft.*

Abstraktionen: Entblößungen, mit denen der Geist sich in Erregung versetzt.

Die Streuung, der Fleck sind weder Zerfall noch Übergang, sie enthalten vielmehr die gesamte Virtualität einer neuen Struktur, die, sobald ihr ganzer Aufbau erkennbar und stabil wird, bereits um ihr Bestes verarmt, um ihre energetische Fülle gebracht ist.

Zerfall betrifft vielmehr das, was *eine* oder *seine* Richtung beizubehalten sucht. Jeder einzelne Ort ist Zerfall.

Jeder Atemzug ist Rückfrage bei den Lebensbedingungen des Urmeers, die in unseren Körperzellen fortbestehen. Es herrscht mithin eine beträchtliche Eifersucht des Geistes auf den Körper: daß jener ein so schwaches, umständliches, dieser aber ein so gewaltiges, aktives Gedächtnis besitzt. Daß wir Modernen mit unserer Erinnerung nichts Rechtes mehr anzufangen wissen, während die ›Schrift‹ des Körpers eine jahrmillionenalte Tradition wachhält.

* Giorgio Colli, *Nach Nietzsche*, Frankfurt 1980

Dieses Rauschen und shiften der Abstraktionen, die uns entweder beruhigen oder erregen wollen, mehr können sie nicht, das ist das Schwarz-Weiß, die binäre Wahl der Sekrete, Hüpfer oder Dämpfer, denn die höheren Abstraktionen sind unmittelbar mit den Neurotransmittern verbunden. (Er war inzwischen mit seiner Sonde zu den gezackten und fetzenreichen Rändern des Bewußtseins vorgedrungen und stieß nur immer auf den einen Widerstand: alles in ihm wehrte sich gegen die von festen Dingen sprechenden Worte. In seiner Unvernunft hielt er es für das Werk des Durcheinanderwerfers, des Teufels Ritt durch alle Linien und Konturen. Beginnlosigkeit: die Tilgsaat, die das Versucher-Wort in all seine Begriffe gestreut hatte, ging auf. Katastrophe des verlorenen Gedankens an eine Unschuld, eine ursprüngliche Einheit, einen Platonschen Kugelmenschen, einen Uroboros-Grund.)

Wie lange erträgt man es zu wissen, daß nichts dahintersteckt . . .? Daß wir mit unzähligen Schichten von Fäden, Geweben, Netzen vollauf genug haben, und auch der Geist nicht mehr tun kann als ein um das andere Mal die Fäden zusammenzuziehen oder anderswo aus Knäulen zu lockern, wie die Finger sich wechselnd zur Faust schließen oder zum Fühlen und Zupfen vorstrecken (was sich ihm auch bewandte, es mußte seinen Flecht- und Websinn ansprechen, sonst entging es ihm; es mußte mit ihm wirken, weben, binden, flechten, basteln . . . Lieber handlich den unlösbaren Knoten als unfaßlich lang den offenen Faden).

Der theologische Zweifel kann als Exerzitium dienen, um bis an den Nullpunkt jeder Gewißheit vorzustoßen, dem Gedanken Zuflucht um Zuflucht zu verweigern, ihn ohne Schutz in die kälteste Zone der Erkenntnis zu verwerfen, in den Abgrund der restlosen Zugehörigkeit alles Menschenerdenklichen zur Welt und zum Weltganzen: all das Heilige bloß Ordnungsbedarf, Mangelausgleich, autokatalytische Wärme, Bindungsangebot! Dieser Schock der ausweglosen Immanenz erzeugt schließlich Weltfremdheit: absolute Verlorenheit. Wer sie erfährt, steht zunächst lediglich *vor* dem Gesetz, von dem er sich losmachte; dann aber, eines Nachts, steht er auch nicht mehr *im* Blick eines anderen Menschen, sondern steht davor eisig allein. Das Davor-Sein verfolgt ihn nicht, es straft ihn nicht, es ist nur da und setzt ihn aus. Wie einen Raumfahrer, den man auf einem fremden Planeten zurückließ. Obwohl doch unter Menschen, obwohl doch scheinbar überall verständigt, hat freilich die Abtrünnigkeit in ihm keinen Halt gemacht und ist er, ohne seinen Willen, weiter gefallen, aus der Welt hinaus.

Travestie der Offenbarung: Licht des Vergessens.

Es zeigte sich, daß die einsetzende Sprache dem kleinen Sohn, seinem Nanos, etwas Schönheit geraubt hatte. Das Auge war weniger geworden. Das Holterdiepolter des Munds hatte das Gesicht eine Spur ärmer gemacht, die primären Regungen an sich gekoppelt. Es wurde nun lieber mit dem lautenden Mund und weniger mit den Mienen gespielt. Zuvor sah er jeden Tag um einen Zug anders aus, die feinsten Wechsel seines Gemüts traten unmittelbar in sein Gesicht und dieses übte immerzu den passenden Widerschein für die Ereignisse seiner inneren und äußeren Welt. Ja, man mochte sogar annehmen: diese Sprache des Widerscheins war bereits die vollendete Passung überhaupt, der ganze Ausdruck für etwas, das sich später nur unendlich vermittelt und stückhaft wiedergeben läßt.

Nanos' Stimme erhob sich, wenn er den Hörer des Spieltelefons aufnahm, und er dadate energisch. Der heftigste Antrieb zu sprechen entstand gerade in diesem mysteriösen Winkel der Wirklichkeit: zu sprechen mit jemandem, der nicht da ist, abwesend, unsichtbar.

Überhaupt erschließt sich das Kind zuletzt die Semantik und zuerst die emotionelle Ladung eines sprachlichen Ausdrucks – beinahe nur den Interjektionsgehalt. »Ach, du liebes bißchen!« wird schneller begriffen und sein eigen als »Der Tisch ist rund«. Nicht die Anschauung, nicht die Sinne, sondern die Affekte codieren die Grundlage des Verstehens.

Im Schauen und Betrachten sind wir dem Kindsein, dem ersten Begreifen, am weitesten entfernt. Eine lange Reise der Sublimation vom gierigen Blick zum reifen Auge.

Was ist der Raum der äußeren Ausdehnung schon verglichen mit der Vermehrung in der Enge! Die Verfilzung von Gefügen und Strukturen ist das gewaltigste organische Programm, nicht die Ausbreitung, Entfaltung. Der Weichselzopf der Ordnungen.

Das Universum der Einbefaßtheit: ein Hundertstel Kubikmillimeter genetisches Material genügt, um die 10^{16} Bit alles niedergeschriebenen menschlichen Wissens zu speichern.* Das ist der rationale Rest des Heiligen Schauders: mit unvorstellbaren Größenordnungen zu spielen.

Es verblüfft an astrophysikalischen Darstellungen die häusliche Bildlichkeit, mit der uns solche Größenordnungen plausibel gemacht und nahegebracht werden.

Hat man einmal das Bild des Rings oder Gürtels, die Ähnlichkeit mit dem Taillenband gefunden, folgen laufend weitere Vorstellbarkeiten. Hätte man aber kein häusliches Bild von der übermenschlichen Sache – oder ginge es ernstlich im Verlaufe immer genauerer Berechnungen verloren –, so wäre dann kaum weiter zu forschen. Denn das Bild ist mehr als nur ein naiver Fantasiebehelf – es regt die Intuition an, die Träume, die gedankenleeren Augenblicke, in denen von alters her die neuen Einsichten empfangen werden. Naturwissenschaftliche Erkenntnisse sind nicht hermetisch, sie sind das Geäder neuer Imaginationen. Sie verändern die Bewegungsart des Geistes in allen seinen Auffassungen. Die avancierte Kunst neigt jetzt mitunter dazu, sich ein wenig kostenlos an das zu binden, was sie für elementarisch hält; beeinflußt von grandiosen Mythen, weitgehend unberührt von den Grenzgängen zwischen Geist, Technik und Naturwissenschaft, bleibt sie mit Begierde dem Anfänglich-Einfachen, der Scherbe des zerstörten Geheimnisses, dem Materialarkanum zugewandt, während andere geistige Bereiche, die der Kunst heute an Fühlung weit voraus sind, die Suchschemata des Elementaren und des Einfachen längst verworfen haben. Das heißt nicht, daß es in Kunstwerken nicht die *Erfindung* des Einfachen,

* Wolf D. Keidel, *Biokybernetik des Menschen,* Darmstadt 1989

des Elementaren geben könne, nur weil diese in der Wirklichkeit oder in unserem Wissen von Wirklichkeit nicht mehr vorkommen. Es kann nur eben nicht bequem *dasselbe* Einfache und Elementare sein, wie es vor dem Wissen um seine Deplazierung und Auflösung bestand. Die Kunst ist ein Ort der steten Ahnung (und nicht die Beschützerin) von Naivität.

Daß ihm eine gewisse eindringliche Sprache *etwas* in die Vorstellung rufen wollte – daß er sich ein Etwas vergegenwärtigen sollte, wozu das Wort lediglich als Vehikel, die schöne Fügung nur als Stimulans diente, dies erregte inzwischen seine kleinlichsten Verdächte. Er prüfte mit größten Zweifeln jedes Wort und befand zumeist: es genügte nicht, um bei ihm eine »Vorstellung« zu wecken. Er duldete (verstand?) letztlich nur eine Sprache, die von einem anderen, höheren Ungegenstand, als sie selbst einer war, redete. Er suchte nach der Kraft des Unsichtbaren, die von der Schrift – und nur von ihr bezeugt und vermehrt wird, und nach der Bildlosigkeit, die jedes hervorgerufene Bild, jede Nennung von Etwas in sich trug. Das also schien der Sprache Ehrgeiz zu sein: in der Abstraktion am reinen Verlangen mitzuwirken. Es schmerzte ihn das Lesen im Roman, jede Zeile wurde ein Streckbett, weil die Vorstellungswelt leer blieb. Weil der Geist, gleichsam als ein Pictolegastheniker, jede bildnerische Einbildungskraft verloren hatte. Wahrscheinlich wäre ein Hölderlin im Turm heute nicht von den Begriffen, sondern vielmehr von den Bildern. Nicht Wahnsinn, sondern visuelle Eklipse hätte ihn befallen.

Man kann unser Bewußtsein nur bis zu jenem Punkt des Aufenthalts im Paradies zurückführen, da den Menschen die Scham befiel. Durch sie nahm es seinen Lauf, verwandelte und verzweigte sich, erhob und verdüsterte sich, doch in seinem tiefsten Augenblick, im Akt der Erkenntnis ist es immer erneut mit Scham erfüllt.

Der wissenschaftliche Geist hat sich vorgearbeitet bis zur Schwelle des – als Ersatz für das verlorene Dunkel – Unübersehbaren, des Undeutlichen, einer sich selbst organisierenden, anlaßfreien Akrokomplexität. Damit hat das Geheimnisvolle sich auf hohem Abstraktionsgrad wieder eingestellt. Aber hat es noch bindende Kraft? Die Menschen überall sind lose, sie trudeln, wirbeln, schlendern und schlendern noch inmitten ungeheurer Prozesse, die sie nichts angehen, zu deren Bewußtsein sie niemals gelangen: sie sind im Grunde bei all ihrer ›Intelligenz‹ unendlich unschuldig, sie handeln trotz ihres heillosen subjektiven Wissens um sich selbst aus einem geheimen kollektiven Schwerpunkt wie die Kleistsche Marionette – leider kommt ihre Grazie nur selten zum Vorschein.

Das gegenwärtig Allgemeine zu erfassen, das man im Haar einer Frau lesen kann, nur für die Zeit, da man miteinander an einer Ampel wartet, beansprucht eine ebenso gewaltige Ausdehnung von Gemüt und Geist wie die Suche nach der verlorenen Zeit. Es verlangte einen Proust der Vergegenwärtigung, um den ganzen Umfang der Anwesenheit zu erspüren, festzuhalten, was nie war, und nur für die Dauer der Erkenntnis ist. Es setzte voraus: das verlorene Bewußtsein der verlorenen Zeit. Und wenn das Werk beendet wäre, so läge das Beschriebene in einem verlorenen Zeitraum, weder der Vergangenheit noch der Gegenwart angehörend, nur die Methode des *Gewärtigens* selbst, die absolute Nicht-Erinnerung wäre dann für alle Zeiten in die Welt gesetzt.

Ein einziger als identisch erlebter Augenblick, dessen Dauer man mit drei Sekunden angibt – Jetzt/Jetzt nicht mehr/Jetzt noch nicht –, besteht aus Hunderten chronometrisch verschiedener Teile.*

Er ging voller Begeisterung durch die Stadt, denn er fand jedes Klischee, das man über sie verbreitet hatte, bestätigt, mehr noch: bekräftigenswert. »Eine grüne Insel« ... »eine großzügige Gartenlandschaft« ... Ja, so war es, genau so! Er war nun nicht mehr, um zu entdecken, sondern um der lebhaften Bestätigung willen unterwegs. In solchen Regungen kündigt sich Einheit an: daß man in das Allgemein-Empfundene mit einem Hochgefühl, mit ganzer eigener Stärke einkehrt.

Nur Sprache selbst kann auf eine sinnliche, partikuläre, nicht-historische Weise Vergangenheit, Zeitenstaub enthalten, Sprache, die ihrer Herkunft nach eine aus Werken gebrochene Sprache ist, also eine aus erhöhtem Bewußtsein hervorgegangene, die neues erhöhtes Bewußtsein schafft. Dies macht vielleicht den tieferen Sinn von Muttersprache aus. In einer fremden trägt einen die Eigenerinnerung der Sprache nicht.

* Georg Franck, *Die zeitliche Differenz von Natur und Geist,* »Merkur«, Oktober 1990

In der Sprache geht es, was den Zuwachs an Komplexität betrifft, geschichtlich offenbar umgekehrt zu wie bei der Entwicklung des Wissens, der technischen oder biologischen Formenwelt. Ältere Sprache befördert ein komplexeres Verstehen als neuere, technisch angepaßte. Sie ist einfach reicher, nicht unbedingt im Vokabular, sondern reicher in der »Vernetzung« des Verstehens. Besitzt mehr »Anklang«, wie Heidegger sagen würde. Ornamentaler und stärker auf sich selbst bezogen, bewegte sie Dimensionen der Unterscheidung, der Integration, die wir eigentlich jetzt erst im vollen Umfang gebrauchen könnten. Ältere Sprache erweist sich folglich oft als das empfindlichere Instrument, um neue Nachrichten zu sondieren. Gerade dort, wo sie gewahrt, was sie nicht bei sich selber gewahren kann, wo sie auf eine prinzipielle Fremd-Sprache stößt, Formel und Zahl, reagiert sie mit einer Verdichtung von Bild und Gedanke, mit einer Steigerung ihrer internen Spannkräfte. Das komplikative Verstehen, das eingefaltete, anstelle des explikativen, wird dann zu ihrer »Neuheit«.

Ältere Sprache also im Entstehen, nicht aber: alternde Sprache oder gar Sprache ›im alten Stil‹ . . .

Gegenwart als Mysterium. Man ist der Eingeweihte einer Passage, die man nicht überblickt. Man versteht alles um sich herum in etwas zu alten Begriffen. Gegenwart ist immer unentschiedene Totale, Meer. Nur die Vergangenheit läßt sich in Bahnen verfolgen, Flüssen.

Er hatte sich nicht umsonst bemüht, soviel wie möglich zu sehen von dem, was unsichtbar eingeschrieben ist in die Verhältnisse. Den genetischen Code des Augenblicks zu entschlüsseln. Wenn etwas Jetzt ist, dann trägt es ein ingefaltetes Abermals und ein Nie-Wieder, das Einst der Verheißung und das Einst der Erinnerung in verschlungener Doppelspirale in sich. Er war davon überzeugt, daß er niemals ohne die Welt der Mikroprozessoren, ohne die engsten Verschaltungen seines Jetzt-Seins bis in die *Aura* der Frühe gelangt wäre, er hätte sich statt dessen, wie es im reiferen Alter wohl üblich ist, mit sogenannten Erinnerungen behelfen müssen. Die kybernetische Welt hat aber eine Sensibilität der Vergegenwärtigung hervorgebracht, die unmittelbar mit der Unschuld der *vor*kybernetischen Welt in Berührung setzt, mit Jugend und altmodischer Jugend, wie man sie besaß vor Eintritt in das veranstaltete Zeitalter. Die Unmittelbarkeit der technisch inspirierten Entrückung erfährt man allerdings um den Preis ihrer epischen Mitteilbarkeit. Sie zu *erzählen* wäre ebenso unangemessen, als wollte man den ›Handlungsstrang‹ einer Epiphanie knüpfen. Man entfällt in einer zufälligen Minute an einen zufälligen Ort der Vergangenheit. Dieser Vorgang kommt der Ohnmacht näher als der bewußten Erinnerung.

Jedermann, auch wenn er sich noch so tatkräftig den aktuellen Ereignissen überläßt, lebt in seinem ganzen Ordnen und Begreifen aus Beständen eines schon bestandenen Lebens. Er ist gewissermaßen der ewig Gestrige aus evolutionärer, kultureller Notwendigkeit. Wie viele äußere Zugewinne er auch verbuchen mag, irgendwann erlangen die Verlustgefühle die Oberhand. Sie sind wie ein mitlebender, stoffwechselnder Parasit, der alles, was war, schöner macht, als es je gewesen. Und sein Produkt kann schließlich sogar zum einzig gültigen Gebilde, zum höchsten Interesse des Lebens werden. Der anthropologischen Kondition des ewig Gestrigen entspricht seine Sage vom Goldenen Zeitalter, das mythische Einstweh, die Konstruktionen des Ersten und Anfänglichen sowie eine Weltgeschichte, die ihren Tatendurst aus der Verherrlichung einer besseren Vergangenheit empfängt. Es ist ein Urvermissen in alledem ausgedrückt.

Etwas, das kommen wird, kündigt sich durch eine Gedächtnishemmung an. Beim Lesen eines Nachworts zu Gedichten von Ernst Bertram plagt den Leser plötzlich, daß ihm eine geläufige Floskel, eine gespreizte Form der Verneinung, wie sie bei Journalisten beliebt ist, nicht einfällt. Mit schneckenhafter Geduld kreist er die Lücke ein und wird schließlich fündig; es handelt sich um das Satz-Muster: ›und es zeigte sich bald, er war unter den Bewerbern der geringste nicht.‹ Wenige Seiten später liest er in dem Text über Bertram: »Aber dies war seine Sache nicht.« Soll man annehmen, es gäbe in der Sprache so etwas wie einen Fluß von der Zukunft in die Gegenwart? Das Wort, die Formulierung kommt (als eine Störung) in den Sinn, bevor sie im Text auftaucht. Oder soll dies beweisen, daß ein Text eben ein holistisches Gewebe ist, bei dessen Lektüre man, kaum daß die Witterung aufgenommen wurde, stets mit dem Ganzen verbunden ist, wobei in einem hellsichtig-müden Augenblick eine Wendung, ein Gedanke, die erst künftig geäußert werden, bereits vorschwebend präsent sind? Dann wären Ahnungen prinzipiell nichts weiter als ein Phänomen textueller, nichtlinearer Zusammenhänge.

Swift wollte verblöden, und es gelang ihm auch. Das möchte man geistige Disziplin nennen. »Ich bin wie dieser Baum«, schrieb er an Young, »ich werde am Wipfel anfangen zu sterben.«

Oder D. H. Lawrence, auch einer mit kunstzersetzenden Ideomen im Kopf, auswuchernden Gesinnungen und Theorien, oder Gogol, Skrjabin, Pound ... Man wünscht sich eine eigene Kunstgeschichte der Verzückten und Verblendeten, nur um die Technik der Kämpfe zu studieren, die sich der Künstler und sein Herausforderer, die Ideopathie, lieferten! Doch diese Kerle mit dem kolossal gewordenen Nebenwillen, der sie und ihr Werk niederzuringen droht, interessieren sie nicht bei weitem mehr als die geschickten Schlanken unserer Tage? Wer sich nicht mit Ideen und ihrer Sucht herumschlägt, hat als Autor die letzte Leidenschaft nicht gewagt. Sie fressen nun alle kein Wissen mehr, was doch die Dichter früher selbstverständlich getan haben, um den poetischen Stoffwechsel in Gang zu halten, Philosophie und Geschichte bei den Klassikern (und außer der Chemie beinahe alle physikalischen Wissenschaften bei Goethe), Philosophie bei Kleist und Hölderlin, alles Wissenswerte bei Musil, Mann, Benn, Brecht und Jünger. Die deutsche Literatur ist ideell. Sie lebt von Gedankenschönheit. Heute ist der Schriftsteller ausschließlich ein diätetischer Belletrist. Er entfaltet seine stofflichen, stilistischen Reize oft genug auf einem Gesinnungs- oder Erkenntnisstand, vor einem Welt- und Menschenbild, die im Vergleich zu den Finessen seiner Beobachtungen und Einfühlungen als trivial und bedeutungslos anzusehen sind. Daher tritt die Schönheit, nein, bloß: die Ansehnlichkeit allenthalben zu geschont, zu unverstört in den Vordergrund.

Vieles wird schön, wenn es einfriert in Bedeutungslosigkeit. Was in seinem zeitlichen Verlauf, als prätentiöser Handlungszusammenhang, Handlungsimperativ häßlich und ärgerlich war, wird durch Kristallisation, in der Erstarrung noch einmal ansehnlich oder doch recht interessant. So etwa die Flunkereien der politischen Utopie, die Naivitäten der Emanzipation; sobald sie geschichtlich abgenutzt sind, werden sie irgendwann als geistiges Mineral hübsch glitzern. Schon jetzt ist man geneigt, mit einer gewissen paläontologischen Neugier die Denk-Skelette des Marxismus zu betrachten.

Und das Figurenwerk des Gedenkens ist unterbrochen auf blanke Drähte montiert: eine Kentauromachie, so tragen wir nun das ideologische Gemenge als einen erstarrten, wildbewegten Kampf im Wesen. Wie beim Kunstwerk betrifft die ganze Ungeheuerlichkeit noch in der stehenden, plastischen Form, sie betrifft im Gegenteil in der Plastik mehr als in jeder beweglichen Gestalt, in der Szene oder der Schrift, die sich bewegen, indem sie fortlaufend Bilder oder Einbildungen hervorrufen.

Der seltsame Metabolismus der Leidenschaft, der in der Berührung mit Ideen sich vollzieht, mag jener theozoologischen Lücke entspringen, die der Mensch nur notdürftig und letztlich fehlangepaßt ausfüllt. Aber wüßte man nicht gern Genaueres über die Biochemie einer speziellen Geistes- und Lebensverengung, die den Glauben zu Glaubensfanatismus werden läßt? Welches Verhältnis von inhibierenden zu erregenden Kräften im Hormonsystem bei akutem Gesinnungsrausch?

Was ist dabei, verdammt noch mal, der geheime Attraktor, der ein Individuum, gerade wenn es Religion besitzt, in die Gemeinschaft des blinden Hasses zieht?

Welches Suchtverhalten liegt vor, welche selbsterzeugten Inebrianzien sind nötig, um Irrglaube, politischen oder ideologischen Eifer auf Dauer als eine Form gesteigerten Daseins zu empfinden?

Man kann natürlich immer sagen: ohne *blinde* Überzeugung keine Kraft, um die Welt zu verändern. Der Irrglaube verändert die Welt, bessere Einsicht würde sie lähmen und verderben lassen.

Die Wahrheit geht einher mit körperlicher Schwäche, Apathie und Stoizismus.

Der Zerfall, Freund – versicherte er dem Ferngebliebenen, die Sonde schon nah beim Herz –, ist nicht ruhiges, still lächelndes Törichtwerden. Er ist bis zum Schluß erhöhte Erregung über Lappalien, Gesinnungsfieber, Herrschsucht über alles und nichts, Anmaßung im Namen der beschränktesten Vernunft, immer gleiches Alterieren über die gleichen Nichtigkeiten, eine endlose Folge strapaziöser Lächerlichkeiten, deren man sich gerade noch schämt, ohne sie auch nur im geringsten unterdrücken zu können. »Um noch einmal darauf zurückzukommen« ... man geht immer wieder durch eine Handvoll willensgeladener Gedanken hindurch. Zuerst träumt man sie, schreit, malt, singt sie, nur: man läßt sie undurchdacht ... Man haßt das Chaos und erwartet sich alles von ihm ... Doch dann kommen die Obstinaten. Das, was sich festfrißt in einem Menschen. Die Leidenschaft, die sich festfrißt, körnt zu trockenen Obstinaten aus. Ihre billige, unvermeidliche Wiederkehr verleiht den feinsten Empfindungen ein klappriges Geräusch. Verknöcherungen treten im zartesten Gewebe hervor. Der Mensch wird ein leicht berechenbares Kräftefeld, seine ehemals unbedingten und starken Motive werden kleinliche Idiosynkrasien, voraussehbare, allzu bekannte Empfindlichkeiten der Fürsprache wie der Ablehnung. Das, was einmal die Form seines spezifischen Erlebens begrenzte, betonte, hervorhob, es verengt sich zu einem dünnen, tierischen Schema von Reiz und Regung. Das Gemüt verkalkt sehr viel früher als der Geist – jedenfalls an seinen sozialen Flimmersäumen. Krise ist immer: hier ist sie vorbei. Kein kritischer Zustand mehr. Die Obstinaten haben die Macht über die Melodie gewonnen. Das ist die Wirklichkeit, mein Lieber, der ersehnten Blödheit, die dir Erholung von Sinn, von allzuviel Sinn versprach ...

Friedlos kam er in Venedig an, fuhr gleich hinüber nach San Giorgio Maggiore, nur um den uralten Sir Karl Popper zu hören auf einem Symposion, Molekül und Geist, das in der alten Konventsbibliothek abgehalten wurde. Der kleine Mann mit klarem, aber doch nicht leuchtendem Gesicht behielt immer den Kopfhörer auf, obwohl Englisch gesprochen wurde, aber da er schwer hörte, war ihm so die Stimme näher und er konnte dem Vertreter und Schüler von Roger Sperry, der wegen Krankheit nicht kommen konnte, besser in die Parade fahren; ein hochgewachsener Engländer war es, mit schmalem grauhaarigen Kopf, der des Meisters Thesen referierte, während Popper angestrengt das Gesicht emporhielt, die Hand hinters Ohr setzte oder sie stumm auf den Unterarm des Referenten legte, was diesen mehr als jeder Einspruch ins Stocken brachte. Der alte Mann war stets unduldsam und warf auch Jean-Pierre Changeux vor, seine

Art, über das Bewußtsein zu sprechen, rieche peinlich nach Materialismus. Dieser wehrte sich: er wolle das Wort ›Geist‹ (mind) einfach nicht zu früh benutzen, denn es verbaue ihm weitere Entdeckungen in seinem Stufenmodell. Popper amüsierte sich sogleich über das Wort Modell. (Schließlich hatte er der Welt eines geliefert, von dem jedes andere nur eine periphere Abzweigung sein konnte.) Sir John, der Freund und Denkgefährte, saß in der ersten Reihe, nickte leicht ein, als der gute Karl, über sein Manuskript gebeugt, unter einer eigens angebrachten, niedrigen Tischlampe vorlas, was die Welt so und nicht anders schon seit vielen Jahren von ihm gehört hatte. Aber seine großartige Leistung an diesem Abend bestand darin, es wie gerade erst ausgebrütet und so insistent vorzutragen, als gelte es noch immer, gegen tausend Widersacher sich durchzusetzen. »Nach Newton sind alle Wolken (Unordnung) Uhren. Es herrscht der vollkommene Determinismus. Nach der Quantentheorie sind alle Uhren Wolken: der molekulare Nebel herrscht in allen Dingen.« Seltsame Veranstaltung. Die Heroen der Wissenschaftstheorie sprachen für Laien – es war aber nur ein verschwindend kleines Publikum anwesend und beiseite eine einsame regionale Fernsehstation. Ein italienischer Kollege, der als geübter Fragesteller das Publikum, aus dem sonst nie eine Erkundigung kam, vertrat, griff immer als erster und einziger zum Mikrofon und sagte: »I enjoyed very much your lecture ...« Dann fragte er jedesmal irgend etwas über interagierende Bewußtseine. Es war eigentlich kaum jemand gekommen, um diese erstrangigen Geister zu hören oder zu sehen. In der Kabine lief das Mundwerk der fleißigen Dolmetscherin, aber die Kopfhörer lagen ungebraucht im Kasten, mit Ausnahme des einen, den Sir Karl als Verstärker benutzte. Changeux konnte um das »gene« herum jeden Fachausdruck auf englisch sagen, nur das Wort für Möwe fiel ihm nicht ein.

Zuweilen ist »die Einzige« farbloser als jede andere Stadt. Kein Stein erbleicht heftiger als der istrische Marmor, der regenhäutige, den Palladio für den Redentore benutzte.

Eine gestörte Taube, die vor der Kuppel absackte, sich in Loopings überschlug, abstürzte und wie ein Kunstflieger sich wieder fing, einen Bogen flog, wieder Höhe gewann, sich noch einmal torkelnd umschwang, heftig flatternd, kein ruhiger Schlag mehr, keine Strecke mehr zu gewinnen, jähes Absacken, bis sie sich ein letztes Mal fing und beinahe den Ast eines Baums erreichte. Dann fiel sie kompakt und plump wie jedes andere Stück flugunfähiger Materie auf das Pflaster. Wenn man derart die Linie eines Todeskampfs verfolgt, denkt man nicht mehr unterschiedslos an tausend Tauben ringsumher, sondern nur an die eine, die da krepiert. Was wir sehen: ist die erfaßte, übermochte Kreatur, wir sehen das große Selbe, das auch uns verwirft.

Als er am Abend in den öffentlichen Gärten spazierte, begegnete ihm eine kleine Horde behinderter und verkrüppelter Jugendlicher. Die Unordnung ihrer Schritte, das unkontrollierte Ausstoßen von Schreien und sinnfernen, halb tierischen Lauten erschreckte ihn in seiner Lage auf ganz unangemessene Weise. Einer hatte ein zum Fürchten entformtes, kropfig wasserköpfiges Gesicht, und das rechte Auge saß ihm irgendwo dort, schräg abgerutscht, wo sonst der Mund ist, und der Mund saß dort, wo eigentlich der Kragenknopf, der Kehlkopf ist. Um dem gräßlichen Schwarm auszuweichen, lehnte er sich abgewandt an einen Baum. Einer sprach unentwegt mit einer hilflos krakeelenden Stimme auf die Betreuerin ein. Als sie dann in unmittelbarer Nähe waren, mußte er sich doch umdrehen und hinschauen. Der Junge mit dem gänzlich verballhornten Schädel trottete ein wenig auf ihn zu, und als wollte er seinen Blick, dessen Entsetzen er zumindest spürte, beschwichtigen und zugleich tadeln, legte er den Zeigefinger auf seine herunterhängende Stirn. Sieh mein Wesen, so schien er ihm zu bedeuten, ein Monster betrachtet jemand wie du doch nicht als Monster. Durch diese Annäherung sehr mild geworden, schloß er nun die verhärmte, doch geduldige junge Betreuerin mit ihrer dicken Brille und dem kurzen Jeansrock verehrungsvoll in sein Herz. Als er der Gruppe nachblickte, sah er, wie sich einige umarmten, die Arme einander ungelenk um die Schultern schlangen, als hätten sie glücklich *ihn* überstanden, hinter sich gebracht. Warum nur, fragte er sich, diese übertriebene Erregung gegenüber dem Abnormen, den Kranken, die uns in die Pflicht der Liebe nehmen? Ich spüre sehr genau diese scheue, gemeine, verräterische Liebe bei mir, diese brutale Rührung zu den Hilflosen hin. Eine Mischung von unqualifizierter Identifikation und einem wunderbar warm abfließenden Schuldgefühl, wenn der kreatürliche Affekt der Abwehr wieder einmal veredelt und umgepolt werden konnte. Der Verwünschungstrieb muß sich binnen kurzer Augenblicke, da er keinen Ausweg findet, derart steigern, daß er in die unverschämteste Zuwendung umschlägt.

In diesen Minuten schien es ihm unabweislich, daß es für den Geist nur eine Möglichkeit gab: russisch werden. Sich hineinwühlen in das Unverständliche, bis es die Seele ganz erfüllt, bis es reine Gewissensnot wird, Leidenskraft. Niemals wieder französisch. Auch amerikanisch oder deutsch-heimatlich nicht. Am allerwenigsten newyorkerisch, das ihm am meisten verhaßte Idiom des Geistes.

... daß es nur geringer biochemischer Reize bedarf und die körpereigenen Stimulanzien machen aus uns einen anders erinnernden, anders gestimmten, anders sich fassenden Menschen! Angst und Glück, Ruhe und Zorn, schließlich auch das Empfinden für Gut und Böse: körpereigen, selbsterzeugt. Das ist in der Geschichte seiner Abgründe ein neuer Sturz des Ichs. Der Mensch wird sich in seinem Innersten zusammensetzen wollen nach eigenem Bedarf. Jedoch sind alle diese weiteren Schritte der artifiziellen Autonomie nur Folgeerscheinungen des losgesagten, selbstbestimmten Menschen. Die Idee der völligen Auflösung des Ichs war schon so lange vorgeprägt, daß es kaum wundernimmt, wenn sie endlich industrielle Realität auf sich zieht. Tatsächlich sind ja die Ideen die Rezeptoren, um im zellbiologischen Vokabular zu bleiben, welche die Moleküle des Realen an sich binden, um dann ein entsprechendes Produkt, die vielfach stimulierte Persönlichkeit, herzustellen.

So hat man erst kürzlich ein neues Gefühl synthetisiert. »Sanguinetta« nennt es die Branche. Dabei soll es sich um eine nie gekannte Empfindung von »lebhafter Zufriedenheit« handeln.

Absehbar wäre die Massenhaltung von addicts der Neurotechnologie, deren Schönheitsempfinden nicht mehr von Droge und Halluzinogen befriedigt würde, sondern durch ein winziges endokrinologisches Implantat beständig angeregt. Diesen versetzte es anhaltend in einen unerschütterlichen Gleichmut, jenen in einen Dauerzustand von Todeseuphorie.

Die Mode, das, was *man* fühlt, verdankte sich nicht mehr einem charismatischen Medienstar, sondern der neurokosmetischen Behandlung des Schönheitsempfindens selbst. Das Leben vollzöge sich als geschlossene Veranstaltung einer unablässigen Neuropsie. Schließlich: welcher Zellverband wäre nicht stimulationswürdig, welches Organ nicht prothetisch verbesserbar?

Man sehnt den doppelten Sprung herbei: den Sprung in die Technik und den der Technik aus sich selbst heraus. Es ist dem alten Verständnis nach längst nicht mehr Technik, sondern es ist Neuromania. Die Sucht, den Riesen-Komplex zu erstellen, den Neocortex zur letzten und ganzen Großveranstaltung der menschlichen Selbstnachahmung zu machen. Der Akrolog: die Rede vom überspannenden Zelt der Netze. Vom uns alle Übertreffenden. Vom Klippenvorsprung, von schwindelnder Höhe.

Er sah eine Frau kerzengerade auf ihrem Stuhl sitzen und in die Höhe weisen, doch die Hand war vom Unterarm abgesprengt, der als knochensplittriger Stumpf aufragte; die Hand mit fünf gespreizten Fingern hing weit über ihr in einem dichten Gespinst von Glasfibern, die in Verlängerung der Adern die Person in großer Hülle umgaben. Die Hand weit oben bewegte sich aber geschickt und grub ein Loch in das dick gepackte Gewirr. Tags kam kein Licht, aber die Drähte glitzerten von Myriaden elektrischer Sprünge. Nachts kam kein Himmel mit Sternen, aber der Horizont leuchtete mit der Kälte von Elfenbein oder so, als sei der Mond in ein grenzenloses Gehänge von Kapillaren ausgeflossen.

Heitere, höhere Einfalt des Künstlichen Künstlers. Er zeigt die Befreiung von aller mimetischen Schlacke, das poetische Wesen in seinem Gespinst, mehr Puppe, Luftgeist an Drähten als verschmutzter Mensch, Epochenpaßgänger. Derzeit kann sich Kunst vor allem dort behaupten, wo sie solche Zwischensphärengeschöpfe einfängt. Figuren, die immer von oben, aus den splitternden, krachenden Lüften der Einbildung hinunterstürzen. Bei dem Wort ›Geburt‹, das sie zwangsläufig alle einmal aussprechen müssen, schneiden sie seltsame Ekelgrimassen. Ja, wir haben bisher unter Schweiß und Dreck von unten nach oben geschaufelt, wir Gräber. Er indessen läßt fallen, das aufgestiegene Kind läßt sein Spielzeug fallen, und es zerbricht nicht, sondern läuft seinen aufgezogenen Lauf und in Momenten, da es bei anderen entzweiginge, zeigt es nur kleine, edle technische Verstörungen.

Was uns bewegt, besitzt eine Bewegungsgestalt. Zur Feinbestimmung einer Person gehörten Angaben über den Spin, den Drehimpuls ihrer Wesensteilchen. Er entscheidet, ob ihr »Schwung« sich auf uns überträgt oder nicht. Manchmal ist man empfänglich nur für den subpersonalen Spin eines Menschen und vermag ihn weder mit dem Auge noch mit sonstigen Sinnen von anderen Menschen zu unterscheiden.

Warum schnell? Weil das Schnelle sieht; während das Auge vor allem aussieht.

Man sieht gar nichts; man mischt sich etwas zurecht, wenn man die Augen öffnet. Wir blicken in ein ersonnenes Sehen.

»Das ist mir eine zu mechanische Erklärung«, sagte man früher und heute zuweilen noch. »Das ist mir eine zu kybernetische Erklärungsform«, wird man vielleicht später einmal sagen, wenn die Entwicklung zu einem neuen, noch umfassenderen Technik-Modell geführt hat (und dann hoffentlich in einer meta-, statt antitechnischen Betrachtungsweise). Vorerst allerdings verbietet sich die Floskel, da gegenwärtig dem Denken nichts Anspruchsvolleres zugemutet wird als seine technische Selbstbegegnung.

Ein Teil der Seele hat sich die Landschaft gewählt, ein anderer das menschliche Gesicht, um sich selbst zu erfahren. Sie hat sich die Schönheit, deren sie bedarf, selbst ermischt, Vertrauens-, Wärme-, Erregungswerten gehorchend, die, will sie leben, ständig stimuliert und bestätigt werden müssen. Das Verlangen entwirft die Gegenstände, die es befriedigt. Die Seele ernährt sich von Spiegelungen.

Im Kreuzgang eines kleinen Klosterhofs ging eine verhüllte Gruppe Männer und Frauen. »Aber ihr kommt ja nie zur Ruhe!« rief der Reisende, der auf einer Mauer rastete.

»Nein«, antwortete einer der Umlaufenden, »es geht wohl immer weiter. Daher, daß wir neu sortiert werden müssen. Weil wir wieder einmal über eine neue Grenze geschickt wurden. Man wird dann neu sortiert nach den feinsten und den gröbsten, den offenkundigsten und den geheimsten Unterschieden.«

»Aber ihr lauft stets dieselbe Runde. Unter euch ist alles grau und stumpf. Ihr könnt euch nirgends selbst erkennen. Eure Augen sind vollkommen glanzlos – ihr geht alle einer hinter dem anderen, ihr habt seit Ewigkeiten das Gesicht des anderen nicht gesehen!«

»Nein, aber die Fersen, den Rist, die Fußsohlen – welche Wunderwerke! Und was haben sie nicht alles mitzuteilen!«

Das Richtige in der Form des Folgerichtigen berührt unser Bewußtsein kaum noch. Es zu lesen, belebt das Gedächtnis nicht mehr. Da der Geist nicht unbeeinflußt vom Rechner blieb und die geworfenen, die hingesprengten 50, 60 und mehr Würfel in ihrer Versprengtheit als eine Summe, eine Sämtlichkeit sofort erfaßt, langweilt es ihn, gereihte Additionen vorzunehmen. Jedes lexikalische Programm erschließt heute schneller und sicherer das Motivgeflecht eines Textes als der ›lineare‹ Leser. Die Blüte einer Sprengung, nahezu unendlich gestückt und doch umgrenzt, sie wäre das Grundbild einer Einsicht, die in Ähnlichkeit mit der Vorrichtung, die sie erzeugt, der neuronalen Textur, das Feld einer Streuung, einer Distraktion erfaßte.

Wenn eine Geschichte ein Ziel hat, wird sie schon unglaubwürdig. Folge und Ziel sind schlimme Gesellen.

»Ah, Sie wählen die Vergleiche und Metaphern noch brav aus alter Werkleute Zeit.«

Viele gängige Metaphern, die bildkräftig sind – der Prägestock, Kette und Schuß, Hammer und Amboß –, stammen aus einer technisch längst vergangenen Welt, ja, sie sind insgeheim wohl sogar Metaphern, Übertragungen, Bezüglichkeiten von einst zu heute. Wer mag schon einen Chip zum Gleichnis nehmen? Und doch gehörte es sich.

Wir fänden in der technischen Sphäre, die uns alle umgibt, einen Nachschub interessanter sinnfälliger Vergleiche, eine Schatztruhe der Metaphorik für alle gebräuchlichen sachlichen, seelischen, politischen Vorkommnisse, Ereignis-Ketten. Aber wir benutzen mit Vorliebe Bildvergleiche aus der handwerklich-bäurischen Welt. Die gängigen Metaphern der Umgangssprache beziehen sich überwiegend auf etwas, das aus gegenwärtigem Umgang längst entschwunden ist: eine Schatztruhe zum Beispiel. Es ist, als benötige die Sprache (anders als das moderne Leben) ein gewisses Maß an Anachronismen und Überlieferungsbestandteilen, um ihre Konventionen zu sichern. Es bleibt beim Vergleich mit dem Mühlrad, auch wenn dieses schon seit Generationen außer Schwung und Betrieb ist. Vielleicht ist Vergleichen ursprünglich so sehr ans Dingliche, Sächliche gebunden, daß es in einer handlosen Arbeitswelt nun gar keine Entsprechung mehr findet und daher hilflos-trotzig an einer Sprache der dinglichen Altertümer festhält, wobei hier vom Unzeitgemäßen zum Komischen oft nur ein kleiner Schritt führt.

Wie schnell vergeht ein helles Bewußtsein und war dann identisch mit Befangenheit und Irrglaube! Und morgen eine neue lichte Blindheit!

Naivität ist auf jeder Ebene des Geistes sein Beweggrund. Es gibt nichts an seiner Arbeit, das nicht danach strebte, eines Besseren belehrt zu werden.

Für welche Welt bereitet sich Nanos vor? Mit seinem Zorn und seiner heftigen Kraft? Auf welche Menschen zu ihrer Zeit richtet er sich aus? Schwer zu lesen im Kind, wofür es sich rüstet. In seine Aufmerksamkeit, in die Textur der Wahrnehmung hat die Zukunft ihre Saat gestreut. Sein Lernen, das ihm zunächst eine Welt vermittelt, die seinen Eltern vertraut scheint, verfolgt bereits den Aufbau von Dispositionen, Rezeptoren, Passungen für eine Welt nach den Eltern, Zurüstungen, die aus der Entelechie der allgemeinen Lebensbedingungen auf das Genom einwirken oder doch zumindest Module der Bereitschaft erstellen, nach denen Ich und Zukunft sich gemeinsam bilden.

Nicht anzunehmen, daß in der ersten Lebenssekunde etwas Wesentliches unerlebt bliebe in uns. Es ist das Alles-auf-Einmal, aus dem wir kommen, um uns zum Ende zu fädeln. Erst ist das Knäuel und zuletzt der gerade Faden, der irgendwann abreißt.

Es schien ihm, daß seine Person auf Nanos in den ersten Lebensmonaten noch ungeteilt wirkte, ja, daß er gleichsam befähigt war, den »Dämon« im Hof seiner Person zu erblicken. Wenn er ihn aufrecht vor sein Gesicht hielt, so bemerkte der Winzling über seiner Stirn und dem Haar etwas, das ihn sofort in Erstaunen versetzte. Die Augen wurden groß, der Mund schleckte, er wollte näher an die Erscheinung heran, wich dann aber auch plötzlich zurück oder sah verschämt beiseite, lachte freudig oder fürchtete sich greinend. Er stand offenbar mit dem Scheitel-Geist, in dem alles Wesentliche, Fühlbare, die gesamten Gemütskräfte der Person zusammengefaßt waren, in innigerem Kontakt als mit dem

Mann selbst. Oder war es wiederum nur ein ganz internes nervliches Schauspiel, das jedes Mal bei aufrechter Haltung und nahem Blickkontakt zwangsläufig ausgelöst wurde? Sie träumen mit offenen Augen, hat man früher dazu unbekümmert gesagt.

Gesehen werden in der Antike: nach geläufigen Vorstellungen des Orients waren die Götter auf den Opferdienst der (eigens zu diesem Zweck geschaffenen) Menschen angewiesen. Vgl. beobachterabhängiges Universum . . .

Man möchte annehmen, daß vielfach angeblickt werden, die Lebensgeister eines Menschen sammelt, züchtigt und zu größerer Leistung antreibt; wogegen derjenige, der kaum angesehen wird, mit arbeitslosen, flegelhaften, durch und durch undisziplinierten Lebensgeistern sich herumschlagen muß. Es besteht kein Zweifel, daß der Mensch seine Orientierung ebenso im Gesehenwerden wie im Sehen findet.

Wohl kann man leben, ohne zu sehen, als Blinder, aber ein Lebewesen, das nie und nirgends gesehen wird, scheint nicht vorstellbar. Irgendeiner Bremse in den Facetten, einem Hund im verschwommenen Raster, einem Bussard als Umriß und Schatten müssen wir erscheinen, um zu existieren.

Das, was die Philosophen ›den anderen‹, die Christen ›den Nächsten‹ nennen, ist im leiblichen Einzelfall oft eine schwere Zumutung. Seine Anwesenheit zeichnet sich durch ein Entgleiten von Eigenheit, durch ein unentwegtes Sich-selbst-in-Szene-Setzen aus. Man trifft so gut wie niemanden, der nicht ein Angeber seiner selbst und ein Überspieler von akuten Selbst-Mangelerscheinungen wäre. Das ganze Wesen des sogenannten anderen, mag es in Wahrheit sein, wie es will, man findet es nur als ein dargestelltes, es macht grundsätzlich zuviel Wesens von sich, ja, oft scheint es durch und durch aus Reklame und Verpackung zu bestehen. Die zur Schau gestellte Schwäche, die tönende Klage, die protzige Selbstversenkung ebenso wie der schwellende Angriffswille, die Beherztheit, das Geschick, sie entbieten ein und dieselbe Unverschämtheit, jedenfalls der suchenden, wartenden, sehnsüchtigen Seele. Und was sucht und erwartet sie sehnsüchtig? Den Menschen, der erst in Rücksicht auf sie, eben diese Seele, seine Andersheit – zu seiner Andersheit fände. Die gemeinsame Hervorbringung eines Gegenübers und nicht die show; die gekonnte, fertige Manier, an der man nichts mehr ändern kann, sondern die man zu *beurteilen* gezwungen wird, wie irgendeine andere Ware, die man nicht selber hergestellt hat.

Wo sie am schönsten sind, in ihrer Vereinzelung, sehen die Menschen einander nicht.

Jede Verzweiflung, die man vor einem anderen Menschen zeigt, ist zum Vorwurf gegen ihn entleert.

Wir jagen mit unseren Schwächen und strafen wie Artemis denjenigen mit tödlicher Verachtung, vor dem wir uns eine empfindliche Blöße gaben.

Nähe von Geliebtem bleibt ein störrischer Widerspruch.

Man darf sich eingestehen, daß man trotz aller Wissensvermehrung von seinen Mitmenschen heute keinen Deut mehr in Erfahrung bringt, als schon ein Tschechow, ein Musil oder Flaubert zu ihrer Zeit beobachtet haben. Nur daß in dieser selben Sphäre (des geselligen Menschen) der empfindliche Beobachter/Erdulder inzwischen mit seinem Gegenstand ein gemeinsames Feld der flüchtigsten Vibrationen und Schattierungen aufbaut, dessen exakte Beschreibung alle charakteristischen Grenzen einer Person auflösen muß. Doch bleibt die Menschenkenntnis der früheren Künstler unübertroffen, und jeder weiß, daß ihrem Blick nichts Helleres hinzuzufügen ist, gewisse Differenzierungen nicht feiner, gewisse Schwingungen nicht genauer erfaßt werden können, sondern daß alles noch Feinere, noch Genauere eben an ein technisches, an ein lebloses Bemerken grenzte – an das *Kleinliche,* das sowohl für das Wort wie den Blick des Menschen ein Unheil ist.

Gleichwohl gibt es unbeschriebene Fälle, die originalen Komplikationen unserer Tage entsprechen.

Leise, beflissen, höflich und – ganz unverkennbar – von einem steten Andrang verächtlicher Hintergedanken in seinem freien Ausdruck gehemmt, so begegnete ihm C. in Natur, nachdem er über Jahre die einfühlsamsten, ja vertraulichsten Briefe mit ihm gewechselt hatte. Die persönliche Begegnung aber erwies sich als katastrophaler Fehlschlag. Binnen weniger Tage wurde der begehrte Brieffreund zum erklärten Gesichts-Feind. Wie wenig von der gefestigten Ausdrucksform seiner Briefe war an ihm selber zu finden! In seiner milden, fettigen Stimme glitten die meisten Sätze aus, endeten im ungewissen, überließen sich der akustischen Undeutlichkeit, dem

Achselzucken, dem Geschmack für das Nicht-Erwähnenswerte, dem semantischen sfumato. Nicht selten wurde der Satz in der Hälfte abgebrochen und zurückgenommen, obgleich er unter dem Antrieb stand, grenzenlos und unbesonnen auszuschweifen. Auch gefiel es dem Mann, eine bedeutungslose Feststellung als Fragment zu liefern, durch einfaches Verstummen groß zu machen.

»Sehen Sie hier!« so teilte er in einer Ausstellung alter Meister seine Eindrücke mit, »die ungeheure Grablegung des Tizian! Der grüne Kopf des Herrn hängt ohne Stütze ... die ganze physische Schwere, nur Last ist zu spüren ... Oder nicht? Stimmt es nicht, was ich sage?« fuhr er, plötzlich von Unsicherheit gepackt, aus der dahinplätschernden Bildbetrachtung auf und erstarrte in dem Verdacht, etwas unverzeihlich Leichtfertiges gesagt zu haben.

Tizian aus der mittleren Periode – wie sähe man doch die Kräfte, die Spannung, die Krise der Renaissance sich bahnbrechen ...!

Kaum war es heraus, da sah man ihn mit einem mangelbewußten, geknickten Gesicht zugeben, daß er auf eine runde Banalität gestoßen war. Immerhin, er hatte es sich abgerungen, er hatte es hervorgebracht, allen Vorbehalten zum Trotz, die ein Mensch gegen sich selber hegte, der zur Größe des Tizian eigentlich nichts zu sagen hatte. Ganz bedeutungslos kann etwas nicht sein, das sich so mühsam anbahnt, das so viele Skrupel und Hindernisse überwinden muß – in den Skrupeln selbst muß der ganze Schatz des Talents verborgen, verschnürt liegen! Nun, er zog die Stirn kraus und kniff die rechte Augenbraue zur Nasenwurzel hin, als wäre die eigene Unzufriedenheit mit dem Niveau seiner Feststellung bereits für sich eine bedeutsame Angelegenheit. Zugleich sollte es die Miene eines unerträglichen Ernstes sein, sollte das nicht mitteilbare, das überwältigende Erlebnis von Kunst anzeigen, vor dem das banale Wort schließlich kein minderes Recht genieße als das sachkundige und kenntnisreiche. Die Miene war als Maske zunächst so eindrucksvoll, daß sie ohne weiteres von der Gedankenblässe seiner Mitteilung abzulenken vermochte. Doch besaß sie außerdem das hervorstechende Profil des Mißmuts, der Unausstehlichkeit, so daß sie mindestens zweierlei Absichten der Kommunikation verfolgte. Zum einen fand er sich selbst und seine immer aufs neuebestätigte, unüberwindliche eigne Geringfügigkeit schlechthin widerwärtig. Zum anderen (oder im tiefsten: desgleichen ...) fand er unausstehlich und abstoßend denjenigen, der Zeuge seines Geringfügigkeitsausbruchs geworden war und dem er nun – all dies mit selber Miene – zu verstehen gab, daß nur er, der kühle, fühllose andere, ihn behindere, ihn geistig lähme und blockiere, daß eine solche Entfaltung von selbstquälerischen Regungen und Ausdrucksformen, eine solche Nichtigkeitsekstase, ein solches Bodenloswerden jeden Schritts aufeinanderzu, eine solche Torsion jeder aufrichtigen Absicht bis zu ihrer Selbsterdrosselung, daß dies alles nur vom anderen und seiner verderblichen, *abwartenden* Gegenwart herrühre.

Sein ständiges Zögern, Widerrufen, rhetorisches Zweifeln, unentwegtes Basteln und Tüfteln am Selbstverständnis ließ jedes Gespräch mit ihm zur Qual werden. In die gehemmten Pausen fiel auch der Geduldigste notgedrungen ein, sie veranlaßten, ja, sie zwangen ihn unwiderstehlich, dem Stockenden mit irgend etwas beizuspringen, das ihn ergänzen könnte. Doch jedesmal kollidierte dabei sein geschenktes Wort mit einem, das in derselben Sekunde C. gefunden, das anscheinend allein der Anlaut von gegenüber, allein der zum Sprechen sich vor ihm öffnende Mund hervorgerufen hatte. Der Hilfsbereite unterbrach sich dann sofort, was wiederum bei dem anderen neue Verhaltungen auslöste.

Sobald C. indessen seine Zunge einmal freibekommen hatte, wurde sie sofort auch von seinen frechen Hintergedanken genutzt. Seine Bemerkungen entbehrten plötzlich der Harmlosigkeit, sie blitzten auf mit zweischneidiger Bedeutung. Der Befangene schien jetzt fähig, aus einem Winseln heraus blitzschnell zu töten. Wenn er seinem Gegenüber in irgendeiner Sache Anerkennung zollte, so war sie in ein subtiles Zwielicht getaucht und von einer verblümten Gehässigkeit kaum zu unterscheiden. Im Bedarfsfalle oder bei anderer Hörart hätte es sich ebensogut um ein abschätziges Urteil handeln können. Diese infame, beinahe dämonische Subtilität des mitausgesprochenen Gegenteils in einem Urteil erwies sich jedoch als ein unbewußtes Übel, eine Krankheitserscheinung, die im übrigen weit verbreitet ist, und wurde nicht (wie vielleicht früher, zu Salon-Zeiten, üblich) von einem überlegen ironischen Geist gezielt verabreicht und kontrolliert.

Es bestätigte sich erneut, daß Unsicherheit ein wirksamer Kampfstoff ist, vielleicht der unmittelbar wirksamste Einfluß, den der andere auf uns nimmt. Sie überträgt sich wie ein psychisches Virus auf unsere Fähigkeit, ihn richtig einzuschätzen. Oft genug denkt man sich einem Genius der Ambiguität gegenüber und nimmt kurz darauf ebenso enttäuscht wie erleichtert zur Kenntnis, daß man es lediglich mit einem durchlässigen Medium für die feinen Laster der Geselligkeit zu tun hat, das selbst dabei keinerlei Genuß findet.

Wer gewohnt ist, an einem Rechner zu arbeiten, kennt vielleicht das in formalisierter Sprache abgefaßte Betriebssystem, das die einzelnen Funktionen steuert und integriert. Nun, das Grauen wäre wohl: auf der Suche nach dem anderen sich ins Dickicht des menschlichen Betriebssystems zu verirren, wo ein Herz ein Gebüsch aus Klauseln ist, von denen jede nur die abstrakte Anweisung, den Code für einen Hüpfer oder Dämpfer enthält; das Grauen also, vor lauter Sigelschwärmen den Umriß des anderen nicht mehr erfassen zu können. Gefangen im Betriebssystem – im Raum, in dem noch keine Eigenschaften sind, sondern nur die ungestalte Menge von Befehlen zu ihrem Aufbau, eine unleserliche Ordnung der Schwellen, Sprünge, Interdependenzen, Übergänge, Auflösungen, Reichtümer des überschwenglichen Zerfalls aller Grenzen, nur freie Tönungen, randlos ineinanderlaufend, so daß nichts von einem Menschen mehr gesagt werden kann, als daß er ein Wärmefleck ist. Eine Fusion. Ein Schwarm doktrinärer Gelüste. Eine Wolke von halben Entschiedenheiten . . .

Nur in der Blendzone der Begehrlichkeit erhalten die zergehenden Leiber und Seelen wieder feste Umrisse. Das Schönheitsverlangen konstruiert den anderen, formt aus dem Fleck die Gestalt mit der idealisierten Linie. In der Begehrlichkeit, allein in ihr, in keiner Philosophie, Philanthropie oder Philadelphie, finden die Idee und die unfaßliche Anwesenheit des anderen zu ihrem trugseligen Ausgleich. Das geschlechtliche Verlangen ist zu einem Teil zumindest an das Verlangen nach Erscheinung geknüpft, nach einem begradigten schöngemachten anderen und danach, von Grund auf durch Erscheinung berührt und gelöst zu werden. Natürlich nicht: erlöst . . .

denn keine Illusion täuscht darüber hinweg, daß Schönheit, die uns nicht verheißen bleibt, sondern da ist und genossen wird, im Vollzug verschwindet, restlos verbraucht wird, ohne jede reinigende, erschütternde Wirkung. Deshalb ist die Gewalt des Begehrens, so groß und schicksalshaft sie auch sein mag, vom Prinzip untragisch und kennt statt Katharsis nur Ent-täuschung. Dasselbe Schöne, ohne Begehren betrachtet, ist dann das doppelt, nämlich um die Lüge vermehrte Entstellte. Dasselbe Lächeln, derselbe Fuß, derselbe Rücken, nachdem einmal von der Nacktheit das Kleid des Idealen abfiel, kann einen Sturz ins Gruseln bewirken.

Schönheit: ein Tyrannenmaß! Die Ideen, die Ideen köpfen die Menschen!

Im Grunde ging er voller Mißtrauen und voller Begierde zugleich zwischen den Menschen umher. Ja, wenn er es recht bedachte, war er sogar unablässig zwischen zwei Alarmglocken hin- und hergerannt.

Schwieg eine Weile das Mißtrauen, so schellte die Begierde. Ruhte sie aber vorübergehend, so ratterten die Signale des Argwohns. Nie fand er zum Schlaf in der Nähe eines anderen ...

»Oh Menschen, Menschen: mein Käfig!«

Nur noch Ohr zu sein und eine Seele von tausend schuppigen Lamellen, die im Durchzug leise blätterten ... Er bewegte sich ohne Richtung nach den Tönen, spürte, ob sie warm genug oder eher kalt, ob unter Herzton oder leicht darüber. Mit oder ohne Worte: ihm Mitgeteiltes fand er schnell heraus; und nichts ihm Mitgeteiltes gab's, das pur aus Worten war.

Zuweilen hätte er gern gewußt, ob er noch Ohr war oder schon ein Idiot.

Deszendenzen. Die Macht des Wortes in der Beichte ist nur noch und nur sporadisch in der haltlosen Scham zu erfahren, die den ergreift, der zu schnell gesprochen hat. Von oben nach unten auch verläuft heute eine bestimmte Richtung der Aufklärung: daß wir den Heiligen Schauder nicht mehr als sublimierte Triebentladung bezeichnen, sondern umgekehrt jede erhöhte Wallung als Abkömmling und Restzauber des Heiligen Schauders nachweisen möchten. Jetzt spricht dieselbe rationale Sprache vom Durchschein des Hohen Lichts, das bis in unterste, feierlose Zustände fällt.

Woher rührte aber, daß Flüche, obszöne Entblößungen ihn neuerdings zusammenzucken ließen? Als hätte die Seele eigens eine zusätzliche Membran gebildet, nur damit er neue Verletzungen spürte und etwas von allen Seiten furchtbar wurde, was bisher kaum bemerkt wurde oder als belanglos empfunden. Eine »Angst vor Profanierung« (Jünger) setzte doch einen Schutzraum des Heiligen voraus, für den der westliche Privat- oder Sozialmensch in seinem heutigen Leben kein ernsthaftes Gefühl besitzt – es sei denn, er wäre bereits vom Gedächtnis berührt, der Zeitenwolke, die aus der Gemeinschaft der Betriebsamen nach und nach eine Schar von Ausschauhaltenden formt.

Es gibt einen Ekel vor der billigen Blasphemie, nicht zuletzt, wenn diese, ungeachtet ihrer längst vernutzten Kraft, in sogenannten Kunstwerken immer noch als kritisches Potential eingesetzt wird, bloß um dem subversiven Konformismus zur Erheiterung zu dienen. Der Ekel vor Blasphemie ist zugleich einer vor der Bequemlichkeit der Häresiarchen, vor allem aber ein ästhetischer Reflex, Rückschlag der vertriebenen Scheu, sich mit allen Sinnen an eine autonome Weltlichkeit zu hängen. Ihn begleitet daher das Gefühl weniger einer moralischen als einer sinnlichen Bestrafung, die zuweilen als abrupte, anfallsartige Zuschnürung des Geistes und der Lenden erlitten wird. So als kehrte selbständig und isoliert die *Angst* vor Entweihung zurück in ein sonst restlos entweihtes Leben.

Peccatum originale, Erbsünde, der wieder eingefangene Anfang, der entfloh. *Warum* die Verurteilung von concupiscentia (Begierde), libido (Wollust), cupiditas (Leidenschaft) als Merkmal und Folge des Sündenfalls? Augustin, einer der größten Erotiker der Kirchengeschichte, behauptet, im Paradies habe Geschlechtsverkehr ohne libido stattgefunden. Das ist keine sittliche Lösung. Im Paradies ist entweder dasselbe, was nach der Vertreibung zum Problem wurde, gut, also auch alle Leidenschaft, oder es ist nicht das Ganze, nicht das Paradies gewesen.

Jede Frau kann zur Heiligen des Begehrens werden, wenn die Flüchtigkeit, mit der wir sie erblickten, eine hochauflösende, scharfumrissene Imagination hinterläßt. Wenn sie uns für den einen Augenblick überaus gegenwärtig wurde, in gewisser Weise sogar absolut gegenwärtig, so daß in diesem einzigen Zeitpunkt jedes Abenteuer, jede Geschichte, jedes Wort verschwindet wie Materie jenseits des Ereignishorizonts.

Es ist im übrigen dieselbe Kraft, die auch im Banalsten wirkt und unsere Sinne verwirrt, wenn im Hotel das Zimmermädchen plötzlich, d.i. aus VERSEHEN, die Tür aufreißt, uns in unserer Stille, Abgewandtheit erblickt (was in jedem Fall eine Form der Nacktheit ist), sich entschuldigt und wieder umkehrt.

Jede Begierde ist derart auf ein schnelles und gewaltiges Versehen zurückzuführen. Jede aufgenommene Liebesbeziehung ist dann aber auch der Beginn einer Entgegenwärtigung. Das Versehen kämpft mit allen Mitteln *blinder* Leidenschaft um seine Selbsterhaltung, kämpft gegen die aufklärenden Tendenzen, die sich in der Liebes-*Geschichte* zwangsläufig entfalten.

Die eine ging immer noch im gespannten Pullover, der knapp auf der Taille saß, immer noch mit künstlich erblondetem Haar, als müsse sie einen Mann anlocken, obgleich der eine seit langem mit ihr war. Wenn sie einander jede Nacht umarmten, immer, einfach immer, so hatte das vermutlich nichts mehr mit der Liebe zu tun, nicht einmal mit Körperwärme, sondern nur mit Kraft und dem Genuß der eigenen Kraft. Es war eine Mitteilung von Energie, die im Aufschlag der Leiber, in der Steigerung des Umarmens erzeugt wurde und mit der sich ein sinnliches Aggregat jede Nacht auflud. Der Akt zeugte den Akt und sonst nichts. Er war weder Verschwendung noch Verausgabung, weder Überschreitung noch Kampf – er schuf seine Wiederkehr. So ist es, wenn nicht die Verschlagenheit der Lüste dazwischentritt, wenn allein die Form des männlichen und die Form des weiblichen Körpers ohne jede Vermittlung zueinander sprechen. Es war eine brachiale, kaum begreifbare, nicht ersehnbare Freude. Vielleicht war es nicht einmal Freude, auch keine Sucht, sondern eine autonome robuste Pracht, die unabhängig vom Empfinden der Beteiligten danach strebte, ihren Zustand regelmäßig zu erneuern.

Die andere ist eine schöne Frau mit Lock-Stop-Physis, die der Blick kurz nach Erfüllung der Begierde gezeugt hatte mit dem Blick eine Viertelstunde vor der nächsten. Eine Frau immerzu in der Spitzkehre zwischen Anziehung und Abweisung. Der Liebhaber kehrt immer aus demselben Abstand zu ihr zurück. Sie lieben sich nicht, sie kehren beide regelmäßig zu ihrer Berührung zurück. Ja, sie hätten sich nie ein erstes Mal berührt, wenn es nicht – beginnlos – aus einer langen, verborgenen Wiederholung hervorgegangen wäre. Im Anfang war das Abermals. Jede erste Begegnung ist ein unverhofftes Wiedersehen.

Von nun an, wenn er das Wort *Gott* schreiben wollte, rundete sich gegen seinen kräftigsten Widerstand das anfängliche G zum O und entließ die Hand und den Stift nicht mehr; und sie kreisten darin, bis sein Kopf, plump vor Müdigkeit, vornüber auf den Tisch sank.

Seinen Bruder, einen Kretin, führte der Junge auf der Landstraße zum Dorf hinaus. Wie steif und verordnet er schritt! Das rundköpfige, tapsige Wesen hatte sich bei ihm eingehängt und kicherte unaufhörlich. Kaum hätte man sagen können, wer von beiden der Ältere war, der Begleiter oder der unverständige Ausgeführte. Dieser hielt den Kopf gesenkt, und es lachte grundlos aus ihm oder im wesentlichen und schlechthin. Der gerade Bruder zuckte manchmal mit dem Arm wie eine anständige Dame, die ihren betrunkenen Mann vom Torkeln abhält und an sich zieht, ja, er riß schließlich an ihm und zerrte ihn unwirsch, als das letzte Dorfhaus hinter ihnen lag. Doch der Schwachsinnige fing immer wieder von vorne an, ein hohes, wimmriges Kichern abzulassen, als wär's das leise Dauergelächter der Ewigkeit, dem er als Medium sich überließ. Schließlich griff der Junge, den sein Bruder, der Idiot, um einen Kopf überragte, in die Hosentasche, nahm ein großes Tuch heraus und ließ den Kichernden sich darin schneuzen, so wie Erwachsene es mit rotztriefenden Kindern tun. Ohne vor sich und den Leuten im Dorf in die Rolle des Älteren, des Erwachsenen zu schlüpfen, wäre der kindliche Bursche auf seinen Zehenspitzen nicht an den Unverständigen herangereicht.

Der eine ist wie eine schwarze Kugel aus Obsidian, die alles abglänzt. Nichts mehr erkennen lassen, keinen Durchschein geben! Des anderen Leben war wie ein bemaltes Fenster mit bunten Legenden und Episoden, die nur etwas sind, wenn sie ein offener Hintergrund erhellt. Fiele nur das Licht aus dem Inneren auf sie und draußen wäre der Laden geschlossen, so bliebe die Glasmalerei stumpf und leblos.

Das Feststehende von Anfang an. Du beginnst etwas, das vor dir schon vollendet ist. Du sprichst, was dir entspricht. Du sagst das, was jeder wußte, als er dich erkannte. Du tauchst auf, solange einer die Kerze über dich beugt, solange die Dunkelheit blüht. Du lebst gerade die Spanne Zeit, da erzlangsam das Laken über dich fällt.

Der Mythos webt sein Wissen über unseren Köpfen fort – jedem gehört eine Herkunft aus Dunkelheit. Irgendwo ist deine Sage schon, und schon beendet. Das selbstbestimmte Individuum ist die frechste Lüge der Vernunft. Alles Besondere ist Abspaltung, Ausfällung von Typen und Mustern.

Die Geschichte ist offen, der Mythos geschlossen. Man sagt, er endet mit Göttersturz, mit Geschichtsbeginn. Er endete aber nicht, er ging nur zu Bruch. Überall in der Noosphäre treiben seine Trümmer auf verschiedenen Ringbahnen. Man muß die Orbits wählen. Die Dinge sind zerkleinert, doch auf ihrer Umlaufbahn kreisen sie in kleiner Ewigkeit.

Es ist der mythische Trotz jenes Mannes, des mit keinem Namen benannten, nicht einsehen zu wollen, daß die Trennung zwischen Himmel und Erde keineswegs auf eine urzeitige Sphärendriftung zurückgeht, vor deren Eintritt beide zusammenhingen wie Gondwanaland.

Noch immer muß er, der mit keinem Namen Benannte, innen als rastloser Binder und Einer wirken, als führten in seiner Seele Heerscharen von Nähern und Näherinnen die Nadel auf und ab.

Credo ut intelligam – nicht nur besteht zwischen Glaube und Wissenschaft kein letzter Widerspruch, denn Glaube und Erkennen sind im selben Menschengeist und nur in diesem angelegt; auch kann Wissenschaft niemals Geheimnisse an sich verplaudern oder gar lösen. Sie ist ihrem ganzen Bau und Streben nach in unseren zentralen, einzigen Auftrag gegeben: Zeuge des Alls zu sein, das unbeobachtet nicht existieren könnte. Das begonnen wurde, um gesehen zu werden. So wie zur Schöpferkraft Gottes seine Offenbarung gehört.

Oder wie, umgekehrt, das Auge sich nicht gebildet hätte ohne den Widerstand – den heimlichen Attraktor der Verborgenheit.

Es ist alles da. Selbst die kompliziertesten, großartigsten Maschinen, die je noch gebaut werden, sind bereits da, seit Urzeiten entwickelt. Wir ahmen nur nach, was wir in unseren Organen vorfinden. Es ist hier eben so, daß alle Zukunft Auffüllzukunft ist. Der Igel der Technik ist längst am Ziel, bevor sich der Hase des »Gestells«, der Vergegenständlichung und der Ausleibung auf den Weg macht.

Die Technik konstruiert immer organischer und konvergiert am Ende mit der Natur – auf die Gefahr hin, auch dem Zyklus des Aussterbens überantwortet zu werden.

Das Schreiben, das Buch, die Linie wollen immer noch dabeisein, sich rühren und mittun, auch wo sie nicht mehr gebraucht oder gelesen werden können, sondern als unhandliches Utensil eines vergangenen Fortschritts linkisch verwendet werden. Warum den Abfall abgefallener Sprache (der Technizität, der Informatik) noch einmal ›zur Sprache bringen‹?

Jede verfehlte Sprachleistung (wie meist in der Zone der Maschine), jedes computernahe Wälschen, jeder Ausbruch ihres Unvermögens, ihrer Selbstentfremdung führt zu einer Rückung, zu einer Strukturverbesserung im Inneren, in der Kernmacht der Sprache.

Ihr ›heiliger Bezirk‹ wird um so stiller und anziehender, je ohnmächtiger draußen in der Breite mit ihr operiert, herumgewörtert wird.

Es gibt freilich Einbefaßtheit/complicatio von Sprache in der Schau so gut wie in der Zahl.

Die Sprache soll keiner Kommunikation »dienen«, sie soll communio sein jederzeit: wie Christen in jeder Epoche gleichzeitig sind mit Christus (Kierkegaard), so Sprache zu jeder Zeit einig mit ihrer Stiftung, ihrem schöpferischen Element, der Poesie, ganz gleich, was sich jeweils an ihren historischen Rändern einrollt oder ausfranst. Leben kann sie nur im steten Ursprung. Es gibt keinen nicht-werdenden Augenblick, keine Nicht-Neuigkeit der Sprache.

Auf dem Hof gingen durcheinander die rechtgläubigen Juden in ihrem Kaftan, mit Hut und Schläfenlocken, und jeder sprach lebhaft allein mit seinem Gott, lachte oder wimmerte, hüpfte beiseite oder spielte eine einfache Szene aus seinem häuslichen Leben vor.

»Meine Worte klopfen an bei einer mir verschlossenen Sprache« ...

»Ich wollte nur sehen, wie das Immerwährende *heute* aussieht«, sagte ein anderer schuldbewußt.

Nanos hatte mit allen Dingen und jedermann in seiner Umgebung beste Verbindung aufgenommen, kommunizierte lebhaft und befriedigt, bevor er noch ein einziges Wort herausgebracht – bevor ein einziges sich ihm in die Fasern eingefärbt hatte.

Zu Anfang fiel es schwer, seine Unschuld zu erblicken. Er war einfach zu rührig von früh bis spät, von den Augen bis zu den Zehenspitzen immerzu voran. Seine Augen waren drängende Anfrage, prüfender Versuch in den Augen des anderen. Er war rastlos mit Werden beschäftigt, immerzu emsig, nur manchmal, gegen Abend, wenn er müde wurde, schien er ein wenig zu stocken, befangen von Gesichten, vom Widerhall des Tags, dem unkoordinierten Nachzucken der Geschäftigkeit. Kurze Aussetzer und Interferenzen der hohen Nervengeschwindigkeit traten dann als Ausdruck von Erinnerung auf sein Gesicht. Sonst umgab ihn immerzu ein Dröhnen aus der Schmiede der Kognition; keine Reinheit, alles Werk. Jeden Tag brach er ein Stück Innenwelt heraus und übereignete es jenem Wiedererkennungs-Kartell, das den Spitznamen »Wirklichkeit« trägt.

Reinheit ist eher zu sehen an einem überraschten, müden Erwachsenen, wenn Erlebtes und Leere, Bewußtsein und Unerkanntes sich für einen Augenblick zu tiefer Verwunderung, wenn seine hellen und seine dunkleren Farben sich zu durchsichtiger Blässe ausgleichen; Reinheit entsteht vielleicht nur aus einer plötzlichen und flüchtig aufscheinenden *End*mischung von extremen Impulsen des Lebens, eine Art provisorischer Summe, ein Stillstand mitten im Fluß, wie das schlafende Auge in der strömenden Rinde des Stamms.

Was alles kann man mit in die Enge nehmen? Wie schwer ist das umgebende Element? Für das Wimpern-tier ist seine natürliche Umgebung, das Wasser, so zäh wie Sirup; das Pantoffeltier schraubt sich wie ein Korkenzieher durchs Wasser. Der Geist bohrt unendlich langsam sein Verstehen in die selbstgemachte Welt.

Das Wasser sprengt den Fels, das Wasser rollt den Stein, es zerkleinert ihn zu Geröll, es rollt ihn weiter und schleift ihn ab, zerreibt ihn zu Kies, er wird fruchtbares Ackerland.

»... rhythmisch rollt der Stein durch Jahrhunderte in den Gletschermühlen und zermahlt den Fels wie in einer Reibschale. Ja, jedes Flußbett gleicht einer Kette von solchen Reibmühlen, mit denen der Fluß sich in den festen Untergrund einarbeitet. Seichte Stellen wechseln mit tiefen Auskolkungen ab ... Gleichzeitig benutzt der Fluß das Geschiebe, das er sich durch die Verreibung schafft zum Bau seines Bettes.« (So Theodor Schwenk in seinem Buch über das Wasser, erschienen 1961.* Das Schauende darin, Zusammenhangbewahrende, das von der Steiner-Schule getragene Goethe-Erbe behauptet heute einen der ganz seltenen Erfolge von Überlieferung: neue Bestrebungen der Wissenschaftsethik, auch die Erkenntnislehre der Ökologie knüpfen hier an.)

Eine Schlinge wird abgetrennt: eine Zyste Altwasser entsteht neben dem Fluß.

Natürlichste Bewegung: die Schlängelung, das Mäandern von Flüssen wie von Samenfäden.

Wirbel in allem, im Planetensystem wie im Wasser – außen langsam, innen schnell. So auch in der Zeit? Wird im persönlichen Leben, nach innen, zum Ende hin, zur Mitte des Sogs nicht der Abfluß der Zeit immer rascher? Gehörschnecke beim Menschen, geronnene Wirbelstraße.

Jeder Wirbel stellt einen abwärts saugenden Trichter dar.

Das Ruhende geht aus dem Bewegten hervor. (Rudolf Steiner)

Und es ist das Gedränge des Beliebigen, welches Liebe gebiert. Es ist der Herzton, der aus der Überlagerung liebloser Frequenzen hervorgeht. Es ist ein Pandämonium von Schwingungen, aus dem Eines hervorgeht,

* Theodor Schwenk, *Das sensible Chaos,* Stuttgart 1988[7]

doch sein Ton verrät noch die langsame Abkunft aus rohem Kampfgewühl ...

Ideenflucht: es wäre das Schicksal derer, durch die alles noch einmal hindurchweht, die nichts mehr festhalten können. Aber es wäre dies auch eine beschleunigte Verengung des Formenwirbels, in dessen Mitte das Denken sein ruhiges Auge öffnet.

Die Techniken der ideellen Rückkoppelungsschleife, die Wiederberührung mit der Ausgangslage, bei leichter Korrektur derselben, da es *den* Anfang ohnehin nicht gibt, diese Art Gedächtnis bestimmt nur den Augenblick einer Fluktuation, das Wellenteilchen in der Welle. Es besteht in der Bindung an Geschwindigkeit, Sprung, Zufall und Katarakt. Es ist die bestätigte Ohnmacht des Orts.

Wir können nur Schleifen legen, die rückfragen in die Vergangenheit. Nicht daß der Chip den Mörike-Vers »speichert«, ist für die Vergegenwärtigung der Werke von Bedeutung, sondern daß die technische Gestalt der Rückfrage eine unauflösliche Abhängigkeit von Einst und Jetzt festlegt, dank derer unser Gedächtnis ebenso die Werke wie diese unser Gedächtnis beleben. Damit wir für immer vor den gipsernen Schrecken des kulturellen Erbes bewahrt werden.

So dunkel der Dunst, so naß der Rauch, daß ihm zwischen Nebeln der Ort unter den Füßen verging.

Der Strand im grauen Abend war eine wüste Fläche, jede Grenze ein Phantom. Die schwache See unter der Scirocco-Wärme rollte ihre flachen Wellen wie schwere Balken. Die Möwen schienen in Schwalch und Dämmerung groß wie Geier und stiegen mit behäbigen Schwingen aus den Leichenfeldern der Muschelanschwemmung, Deponie der Nahrungsüberfülle aus einem warmen, späten Meer. An einer Stelle nahe der Leuchtturm-Buhne war das anschlagende Wasser schwarz, und eine lange Algenwulst dümpelte am Stein. So unkenntlich verhüllt lag der Streifen Land im körperlosen Nebel, daß der Gänger in dieser Muschelwüste sich mitverwüstet sah, daß er mit allem, was er noch war und dachte, zwischen Sand und Welle mitversandete.

Auf der langen Mole, wenn er den Blick erhob, war nun alles eins. Er konnte beinahe nichts mehr unterscheiden: das Auge war nicht fein genug für das Lehmgraugrün der Himmelmeereserde. Da war nur die eine runde dunkle Linie, der Trauerbord des Horizonts, drei Elemente vernäht in einem Rand.

Wie ein Dach des Unheils lag der Himmel auf dem Strand. Erst fern und sehr allmählich gab er für ein fieberndes Gelb, staub- und sandsturmfarben, nach, eine Ballung von Zwielicht entstand, vor dem sich die Seele zu schützen suchte. Er ging aber weiter und stand vor einer verbogenen Reuse, die mit Algen umschlungen war, sie glich einer verkrüppelten Weihnachtstanne. Das Meer sprühte giftgrün über den Stein. Dann auf einmal erschien, fern immer noch, ein Saum Türkis, der Rand, das Helle, das Ende des falschen Lichts. Wenig später glättete sich das zerrissene Niedergewölk, eine fahle schmutzige Gelbhaut, etwas Geronnenes, blieb übrig und leuchtete farblos wie ein riesiger Seestern am Himmel. Der Knoten, der die Luft von Meer und Land abgeschnürt hatte, löste sich; kein lastendes Gewölbe, keine sinkende Decke mehr, nur ein Bausch noch, ein loser Bausch von milder Schwärze, die sich schnell verdünnte und vertrieben war, bevor der Regen herausplatzen konnte. Doch der Türkisrand war nun auch verschwunden. Alles dampfte rund um den Horizont in einer überall sich aufgebenden Bewegung, zerging in eine matte graue Breite. Zwei Fransen Wolkendampf ließen gerade im Verschweben die Fassung eines Kelchs entstehen, darin erschien auf einmal, grob entblößt, die blasse Perle des Vollmonds – er nämlich war es, der die ganze Kulisse so wüst verschoben hatte, nur um einmal gespenstisch aufzutauchen, mit einer kranken Haut, speiübelgrün.

Später aber, eine Stunde nach dem Räumen, zog der warme Sturm herauf, der feine Sand begann zu glosen ... Während er erneut vergebliche Versuche machte, an seiner *Verfassung* zu arbeiten ...

Nur daß das Wörtchen ›unendlich‹ oder ›unaufhörlich‹ zu ersetzen wäre, stand jetzt auf einmal fest. Vielleicht statt dessen nur: erwiderungslos, konturlos ... SELBSTEXPLIKATIV ...

Ihm war bewußt, das hieß: er erklärte für unfest ...

Gebet an das Chaos ist ebenso unmöglich wie die Vermehrung von Unendlichkeit.

Unmöglich wie der Säugling, der den Blick oder sein Wehgeschrei gen Himmel richtete.

Er sah, er las, er erkannte einzig im Wellenbereich seiner Passion, einer Frequenz, die immerzu auf der Welt unterwegs war, um weitere Passion an sich zu binden. Was dem System nicht zupaß kam, blieb unbemerkt.

Doch wo war der Anfang, wo war die Blöße, wo waren die Elemente?

Er dachte an die langsamen Worte der Frau, die nebenan, irgendwo auf der Welt, gerade über ihn sprach, ihre vernünftigen, empfindsamen Urteile, während er hier in Gedanken dahinhetzte; doppelt, dreimal so langsam wie er selbst sprach sie – und unbeirrbar sprach sie *über* ihn, der doch überzeugt war, in diesen Sekunden den hellsten Stand seiner Einsichten, seiner Identität überhaupt erreicht zu haben.

»Sie spricht mich auf: meine Grenzenlosigkeit, meine höchste Anstrengung wird von einer einzigen ruhigen Silbe aus ihrem Mund bedeckt und getilgt. Sie spricht in langer Welle und überlagert alles, was ich hier äußere – ohne je mir zu antworten, je mir zu widersprechen ...

Ihre Schritte erschreiten das Regelrechte. Ohne ihren Grad wär ich ein Wirbel zwischen Fieber und Frost. Eine sinnlose Wehe, eine flüchtige Turbulenz.«

Es regnete bis zum nächsten Morgen, die Leute schlossen die Rolläden wieder nach dem ersten Blick hinaus, die Katzen kuschelten sich unter ein Palmenblatt, das mit seinen abgebogenen Spitzen wie ein Rechen aussah. Die Sperlinge, einige Etagen darüber, drängelten sich auf dem Antennensteg.

Die Katze blickte vom Balkon der anfliegenden Taube nach. Nur um zu lauern, zu ermessen, in welcher Entfernung von *ihr* der Vogel sich niederließ. Die Autoperipherie, die Bögen, Kreise, Ringe und Sphären des eigenen Interesses, alles gemittelt auf ein jagendes Ich, so weit das Auge und die Stammeslinie reichen: im Blickfeld, im Tötungsrahmen.

Wahrscheinlich war er fest davon überzeugt, daß Gegenwart allein in seinem Geist existierte und daß sie in ihren vulgären Erscheinungsformen überhaupt nichts unter den Zeiten verloren hatte.

Drinnen sein Regen in Schnüren: Benennungen der Moderne, Aborte im Waste Land, zerknüllte Theaterzettel, die der Wind über Domstufen fegt. Ein Leiterwagen mit einer Pyramide von bauchigen Flaschen in Strohhüllen. Unschuld des Neuen! Welch süßer Schlaf in den Augen der Frühe, des wilden Jahrhundertbeginns! Zeitliebe, größer als Kriege. Klassik des Wissens, des Traums und des Alltags. Klassik der Entdeckungen und der moralischen Verstöße. Klassik der Tollheit und des Intellekts. Der Angst und des Übermuts. Klassik des Neuen. Des hohen Neuen: nicht zu verwechseln mit dem Neuesten und der Neuigkeit, seinem Abfall. Schiffsfahrten mit Heimkehr auf den Abwässern der Straßen. Großstadt Abendland. Der weiße, dampfende Stier jagt im Labyrinth der Bars und Bordelle, auf seinem Horn schüttelt er die Kontoristenjacke mit ledernen Ellbogenherzen. Kein Frieden. Keine Sehne Frieden in den Lenden. Kein Schimmer Frieden am Horizont. Kein Wörtchen Frieden im Maul. Kriegsgötter schenkten den Reichtum der Kunst, der Wollust und des Wissens. Kriegsgötter pflanzten für spätere Gärten, viel Tod und Öde überstehend, eine prachtvolle Kultur.

Das große abendländische Medley, das Benn vor sich hin pfiff, seine kostbare Sammlung kristallisierter Sentimente: spät, müd, nihil. Das ist nicht unsere Lage. Nichts, was heißt das schon, Nichts, das läßt sich immer sagen, Großwort-Ruine. Doch war er der letzte Parabol-Empfänger, der Geschichte aus dem All entschlüsselte, der letzte Bewußtseinsekstatiker aus eigener Kraft.

Wenige Jahrzehnte später wird der Akrotechniker die Spur der Gottheit mit Hilfe gedächtnisstützender Maschinen wieder aufnehmen. Seinem Restlichtverstärker genügt der trübste Schein in der Finsternis, um die Welt in Glanz getaucht zu sehen.

Data-Glove und Runenholz: die künstliche Hand, ausgestattet mit den empfindlichsten Sensoren, die lesende Haut berührt die düsteren Zeichen der Vorzeit. Es lassen sich in ein nachgiebiges Jetzt vielerlei Altertümer berufen, und sie kontemporieren willfährig mit uns, die wir längst keine Archäologen mehr sind, sondern Veranstalter, Inszenatoren von Gleichzeitigkeit.

Den Durchbruch hinter eine unbegrenzt sich ausbreitenden Kontemporalität ermöglicht allein das Opfer ihres Bewußtseins. Letztlich ist es das orthodoxe Bekenntnis des Gläubigen, welches den Zauber der weltlichen Gleichzeitigkeit bannt und diese Parodie zurückwendet auf ihr machtvolles Vorbild, jenen Grundsatz, der gleichlautend ist für die Kirche wie für die Naturgesetze: quod ubique, quod ab omnibus, quod semper – was überall, was für alle, was immer gilt. Wer es vermag, in diese »Zeit« einzutreten, der begeht heute die Überschreitung, die vor hundert Jahren der Geist zur Entfesselung hin tat.

Jener schmerzhafte Bewußtseinsschub, den Hofmannsthals Lord Chandos zu Beginn des 20. Jahrhunderts ertrug, da ihm die Wörter, die Dinge in Teile und diese wiederum in Teile zerfielen, erweist sich am Ende desselben als Gleichnis des überschwenglichen, des komplexen Begreifens. Es ist nicht Zerfall gewesen, sondern »Dissipation«, nicht Auflösung, sondern Energiewandel, der zum Aufbau neuer Erkenntnisfelder beitrug. Der Weg zu den Teilchen war die unabdingbare Voraussetzung, um Genaueres vom Ganzen zu erfahren.

Das Wort Auflösung steht für den geschichtlichen Menschen im Geruch von Dekomposition, Schwächung, »Dekadenz« etc. Für den Techniker hingegen bedeutet hohe Auflösung: die minutiöse Dichte der Wiedergabe auf einem technischen Bildträger, die Fähigkeit eines (optischen) Geräts, sehr feine Details zu unterscheiden. Ein hochauflösendes Bewußtsein wäre: übergenau im Detail, verloren im Zusammenhang. So wie der Traum Bilder von höchster psycho-physischer Plastizität hervorbringt, indem er ihren Sinn fest in die Erscheinung verschnürt, ja im wesentlichen überhaupt nur Verknüpfungen und Pässe trainiert, die dann das Wachbewußtsein zu Nuance und Differenz befähigen. Was nicht durch die Auflösungsdichte des Traums hindurchging, des generierenden Verhackstückers, des Augenmachers, ist eigentlich so gut wie nicht gesehen.

Nun verabschiedet man allerwege (außer in der Kunst) den Reduktionismus und setzt ihm das ›Ganzheitliche‹, den Holismus, den radikalen Konstruktivismus etc. entgegen. Wie triumphal ist man doch gestimmt, wenn man ein neues Banner hochheben kann – noch bevor die eigentliche Schlacht geschlagen ist! Obgleich es gewiß unvermeidlich ist, daß auch der Reduktionismus in irgendeiner Abwandlung sein Comeback erlebt, wie fast jede Großform in der Geschichte des Wissens seit den Vorsokratikern.

Wahrscheinlich ist für das Erforschen, das unstillbar ist, das Ganze ebenso erschöpflich wie das Elementare. Irgendwann ist die Kategorie verbraucht. Auch möchte man gerne noch erleben, was eines Tages den zentralen Begriff der *Komplexität* ablösen wird, der scheinbar demütig, in Wahrheit aber allseits fragenverschlingend das gegenwärtige Wissen beherrscht. Welches Macht- oder Leitwort wird die Epoche nach der Komplexität regieren?

Faszination durch die technische Erfindungskraft im gleichen Zug mit mythischer Rückbindung und Vereinfachung der Gefühle, das war ein Kennzeichen des europäischen Faschismus. Eine verfrühte, gefährliche Berührung unter naiven, vorkybernetischen Bedingungen, so daß man, wenn es nicht so seelenlos klänge, vermuten möchte, daß Grauen und politischer Größenwahn nicht zuletzt der Unangepaßtheit dieser Mächte, der nicht geschlossenen Kluft zwischen Mythos und Technik entstieg. Man war einfach nicht im technischen Stande, zwischen beiden reibungslos zu *synchronisieren.* Gleichwohl wird die Konjunktion ein weiteres Mal entstehen, sie wird vielleicht der entscheidende Versuch des Akrologs sein.

Das Gute so nah beim Bösen, daß Kritik niemals bis in die wirkliche Gefahrenzone vordringt. Da lebt das Oxymoron, das Untier des Geistes.

Gedeih, kontaminiert mit Verderb. Foul is fair and fair is foul: nicht verkehrte Welt, sondern innigstes Oxymoron, mit feinsten Lamellen ineinander verklappte Ausschließungen, Gegensätze. Das Oxymoron – wörtlich: der stumpfe Scharfsinn – ist der in unsere Vernunft eingeschlagene Lichtstein der Offenbarung, Bruchstück des barmherzigen Vergelters.

Was soll man von Wiederkehren reden? Besser von wechselnden Stimulierungen, Aktualisierungen entlang sehr variantenreicher Typenreihen. Daß hinter dem glatten Schema die Knäule und Wirbel der vielfältigsten Gestimmtheiten und Motive und Sehnsüchte liegen, könnte vielleicht erst eine fraktale Ideographie herausfinden.

Burckhardts Pessimismus mit Blick auf das 20. Jahrhundert zeigt, daß Hellsicht eine besondere Begabung des reizbaren Rückwärtsgewandten ist, an die der Fortschritts*gläubige* mit seinen Zukunftsvisionen in der Regel nicht heranreicht. Dennoch ist der Antrieb des »Gläubigen«, Blindheit und Irrtum eingeschlossen, eine Sache des Lebens, die Bitternis des anderen aber eine Sache des Geistes, letztlich eine feinere Variante der biederen Altersweisheit, daß jedwedes Ding sich zum Schlimmeren wende.

Da es offenbar in jeder Epoche reizbare Gemüter gibt, für die der moralische Bankrott ihrer Zeit unmittelbar bevorsteht, ist beinahe anzunehmen, daß es sich dabei um ein chronisches Gallenleiden des Geistes handelt. Vielleicht rührt es her von einem dem Menschen angeborenen utopischen Einstweh, das die Naturvölker mit ihrem Ahnenkult, die modernen Gesellschaften mit ihren Revolutionen zu stillen suchten. Im persönlichen Leben drückt es sich mit den Jahren oft in Grimm und Unzufriedenheit aus, in jedem Fall weit entfernt von einer historisch zutreffenden Einschätzung der Lage. Verfall sehen, ist ein Schub von schwerer Sehnsucht, von Schwermut und Sehnsucht in einem. Tatsächlich ändert sich im Laufe einer modernen Lebenszeit sehr viel, manches wird vielleicht auch vergleichsweise schlechter, aber dies läßt sich schwer festmachen (außer an einem irrigen Ideal), läßt sich nicht in einen allgemeinen Rahmen spannen, denn der Wechsel verläuft unübersichtlich, tendenzlos, unteleologisch.

Das Einstweh ist die Quelle einer unvermeidlichen Selbsttäuschung des Bewußtseins. Es gibt eigentlich nur das unendliche Einst – jeder chronometrische Punkt fixiert die Sehnsucht nach einem früheren. Es gibt daneben freilich den lebenszeitlich begründeten Schwindel mit Frühe und Beginn, der mit abnehmender Zukunftserwartung immer größer, geliebter wird. Noch durchtriebener wird es, wenn die eigene Frühe mit einem Epocheneinschnitt, mit dem Wiederanfang eines ganzen Volkes zusammengeht, wenn man eine historische Stunde Null zum Geburtsdatum hat, dann fällt es in späteren Jahren schwer, Sentiment und Ressentiment genau zu sondern, dem Schema von Blüh- und Verblühzeit auszuweichen, keinen biblischen Verdacht zu hegen gegen den späten vergeßlichen Reichtum. Das Ratten huschen der Deutschen aus den Bränden des eigenen in die Trümmer des Versammlungshauses: sieht man heute einen Film wie Rossellinis *Germania anno zero,* dann schweben einem plötzlich Partikel kollektiver Erinnerung vor Augen; manches, das nur aus dem Gedächtnis der Eltern stammen kann, wird dann wie selbst erlebt bewußt. Man altert ohnehin in Schichten und Formationen eines geerbten oder überlieferten Alters hinein, das weit hinter den Zeitraum des Individuums zurückreicht.

»Ob Ähnliches je einem deutschen Dichter passiert ist?« schrieb Alfred Mombert aus einem Lager in den Basses Pyrénées, wohin er im Alter von siebzig Jahren zusammen mit seiner Schwester deportiert wurde.*

Ist es nicht so, wenn man dergleichen heute liest, daß ein fremder Wehlaut, gleichsam der Brocken eines irdischen Stöhnens, einem in die Kehle steigt? Als ob das Leid, nachdem es erst durch manche Schichten des Bewußtseins absank, wieder aus der Erde zurückkehrte und uns ein zweites Mal, nun aber ganz unmittelbar, kreatürlich ergriffe. Es hat jetzt die Kraft einer magi-

* Alfred Mombert, *Briefe aus den Jahren 1893–1942,* Heidelberg-Darmstadt 1961

schen Formel, die sofort ins Blut wirkt und es erstarren läßt. Nach so vielen intellektuellen Tränen und Bewußtseinsblut wird es beim zweiten Mal, beim Wiederkehren, die Deutschen oder zumindest einzelne, die jetzt noch, mühevoll und hellhörig in das Wort, deutsch sind, niederringen, ganz anders als die Abbreviaturen des politischen Gewissens es je vermochten, und man wird dabei bitter empfinden, daß außerhalb des Dichters nichts eigentlich mehr deutsch sein kann, d.h. in der Verbindung geblieben und wehrlos bereit, die Auferstandenen der Lager zu empfangen.

Wenn Mombert versichert, daß er den Rhein, an dessen Ufern, von Lerchen besungen, er aufwuchs, erst über die Plejaden und den Orion begriff, so ist über das Deutsche jetzt erst zu sagen, daß es sich vollständig fremd wurde. Nur die Bücher enthalten es noch und stehen heute zumindest in den Volksbibliotheken . . .

Jemand hat gesagt: das Volk ist das Höchste und das Niedrigste. Das mag in einem geschichtlichen, mehr noch in einem mythischen Sinn zutreffend sein. Heute aber bildet das Volk der Deutschen keinen geheimen Schatz in der Seele des einzelnen mehr, aus dem er Kraft schöpfen könnte. Es ist nichts als ein launiger, bequemer Mehrheits-Potentat. Ein Auslöscher jeder, aber auch jeder ideellen Kraft. Es spricht nur noch aus Faulheit deutsch, die meisten seiner Regungen und Interessen ließen sich besser auf amerikanisch ausdrücken.

Der Widerstand gegen die moderne Gesellschaft ist zuletzt kein Widerstand gegen das Kollektiv, sondern gegen einen Mangel an kollektiver Substanz.

Aus der Garage dringen die Rhythmen des Rauschs, der Hingabe und der Schenkelkraft. In jedem biederen Möbelsalon singt eine Frauenstimme in der Ekstase, strömt aus dem Lautsprecher ein absolutes Gefühl. Ein Mann liegt unter seinem Wagen und zieht die Schrauben nach. Ein Mädchen tippt mit spitzen Fingern auf die Tasten des Rechners. Dazu singt die Betörung, der Exzeß und der Sinnentaumel. *Es* streift uns unentwegt – es kann uns nie berühren. Ebensogut könnte auch singen die Stimme des Reichs, der Erdmutter oder des Schwerts, »das dreißigmal am Tag die Klarheit wechselt«. Auch dafür besäßen wir unterschwellig zugängliche Affekte. Durch die Filter der Alltäglichkeit senden die großen Leidenschaften wohltuende, gut verträgliche Schwingungen. Auch wenn die Mania selber sänge, sie würde nicht unmittelbar anstecken; doch im Beiläufigen betört sie und macht von sich abhängig.

Maß für Maß: wie im *Homburg* kommt aus Todesschauder Fügung. Alles verschlimmert sich Wende um Wende, jede Verheißung zum Besseren wird säuberlich enttäuscht, und nur der Ergänzer, der Fürst, erlangt, indem er sich selbst drein gibt, den Ausgleich der Verfehlungen, so daß jeder einzelne, der im Umfallen begriffen ist, durch ihn und an ihm zuletzt aufsteigt, gefügt. Nur »die Fürsten schmähen«, wie Lucius es tut, ein neuer Thersites, das ist das verwerflichste Gebaren, schlimmer als Notzucht und Ehrschändung, und es entgeht der Strafe nicht, auch wenn sie angemessen mild und parodierend bleibt. Es ist die ernst- und zauberhafteste Apologie der Macht, die überhaupt nachvollziehbar ist. Jedes Gut ist nur durch Aufgabe seiner selbst zu retten. Man sieht: solange in der Kunst die Ordnung unter

Menschen verhandelt wird, ist Dialektik ihre ergreifendste Bewegungsform – ergreifend wegen ihrer Nähe zum Ritus der Passage und zur Initiation, deren Gang, kleine Tode zu sterben, dann zur Negation abstrahiert wird.

Die schwangere Amerikanerin, die über ihm die Mansarde bewohnte, hatte ihn wegen des Rauchens zur Rede gestellt. Der Zigarettendunst, der aus seiner Wohnung aufsteige, durch die Poren der Wände, Spalten der Diele bis zu ihrem Bett vordringe, gefährde ihre Gesundheit. Schon früh am Morgen hörte er sie wild mit dem Fuß aufstampfen und obszöne Flüche über ihn schicken.

Noch immer mischt sich das neue Herz unter den Puls der Schwangeren, noch immer wird ihr Gang breit und gerade, schön wird sie in ruhiger Stärke. Warum ist nur im Kopf und in den Worten alles so unsicher geworden, daß selbst der natürlichste Vorgang der Welt erst der neuen Lehre, der modischen Stimmung bedarf, um von einem ratlosen Gefühl verstanden zu werden? Die Große. Die fleißig ihre Muskelkontraktionen trainierte, ihrer Leibesfrucht günstige Schwingungen verschaffte mit stundenlangem Gelächter vor dem Video. Man stellte ihr die sanfte Geburt, das glückliche Kind in Aussicht, wenn sie nur recht viele Lustspiele und Filmkomödien betrachte.

Sie einigten sich darauf, daß er seine Zigaretten bis zu ihrer Niederkunft nur am offenen Fenster oder vor dem laufenden Abzug über dem Herd rauchen würde. Kurz darauf brachte sie ihm auf einem Teller selbstgebackene Kokoskekse herunter.

Da saß er vor dieser bleichen und gelüstigen Frau, deren Verlangen ihm Verlegenheit bereitete ... Was wollte sie also? Zustimmung, nichts als Zustimmung zu jeder ihrer Mitteilungen; um aktive Harmonie warb sie und verführte selbst den Sprödesten zum Einklang, denn auch dies empfahl ihr der Ratgeber für die glückliche Geburt.

Er erfuhr von ihr, daß Denken vor allem eine gesunde Negationsleistung sei, die die Wachstumshormone inhibiere und daher im Alter die Entartung der Zelle durch Mutation verringere, folglich das Leben verlängere. Es war ihm, als orakelte durch den Mund der Gynoiden eine höhere, ihn leicht parodierende Instanz, als überbrächte ihm dieser große, weiche Mund Botschaften, etwas geheim nur für ihn Gemeintes, von dem das Bewußtsein der Sprecherin selbst nichts bemerkte. Diese medialisierten Menschen werden eines Tages überhaupt nur noch eine Membran sein, durchlässig für Nachrichten aus einem interpersonalen Raum, der sich über Zeiten und Völker erstreckt.

Ein wenig zusammengekauert saß er vor dem gewölbten Leib wie die Deutschen in den Kriegsjahren vor ihrem Radioempfänger, wenn sie den feindlichen Sender abhörten.

Er wollte nur *in* ihr hören, sie in ihrer Rede belauschen ...

Wie heißt das Wort für »ständig das Programm wechseln«? (flicking around ...)

Pascal habe gesagt: um zum Glauben zu gelangen, solle man sich so verhalten, als glaube man bereits. Dies in Verbindung mit Stanislawskis System der psychophysischen Handlungen ...

Der persönliche Gottesglaube beginne notwendig mit einem Eintauchen in eine vergangene Welt *voller* Gottesglaube.

Dem Allmächtigen sei nur eben eines unmöglich: das, was gewesen ist, nicht gewesen zu machen – wer sagte das? (Agathon!)

Wir können unkenntlich werden.

Der Idiot geht als der Erstgeschlagene unter den Menschen in die Dämmerung des Verstehens ...

Das Gitter der Wahrnehmung ist nicht wirksam, wenn zu viel oder wenn zu wenig Chaos eingegeben wird. Figuren aus Fleisch und Blut sind jetzt schon Figuren aus Sacktuch und Sägemehl. Die sichtbaren Dinge werden einem künftigen Bewußtsein flimmernder Staub, den membranäugigen Blicken werden sie Sinnenwische sein.

Zwei Menschen: zwei Wolken im Zimmer. Er sah einmal eine große am Berggipfel mit aufgerissenem Rachen, die eine kleinere verschlang, dann lösten sich beide im gleichen Nebel. Es bleibt nichts als nebelhafte Durchdringung: keiner war wer.

Es gab jedesmal eine geringe Verzögerung, bevor er sie eindeutig wiedererkannte im Treppenhaus oder im Hof. Kurz bevor er sie identifizierte, wuchsen wie im Zeitraffer unzählige hauchdünne, blättrig verfilzte Masken auf ihrem Gesicht zu einer glatten Haut zusammen ...

Das abgewandelte, epitechnische Auge liest die bewegten Überblendungen, die Energieflecken, das virtuelle Feld eines Gesichts. Der Umriß, das in der Linie Hervortretende, wird nicht mehr als charakteristisches Merkmal wahrgenommen. Der Blick errechnet aus dem Profil zahlreicher Überblicke das Vielfache und das Mögliche eines anderen.

Das technische Altertum ist definiert, sobald die maschinelle Simulation abgelöst wird von der biochemischen Stimulation – sobald der Zugriff eröffnet ist nicht auf die künstliche, sondern auf die erinnerte Welt; vielfältig gestufte Mnemotonica, die das interne Einst anregen und freisetzen bis ins kollektive, ins Stammesgedächtnis hinein.

Endlich wird man auch pharmatechnisch den Traum fixieren können, so daß er, verlangsamt und wiederholbar gemacht, wie eine Hülle geschlossen uns umgibt, und wir weilen dann im Unbewußten unbewußt, in der Erinnerung erinnerungslos, und werden irgendwann in unserem eigenen Gedächtnis verschwunden sein.

Wenn aber die Immerwiederkehrende im Fluß seiner Gedanken ein kurzes Bad nahm: vielleicht ihr allein gelang es, jedesmal an derselben Stelle einzutauchen. Denn der Fluß der Gedanken bewegt sich nicht von der Quelle zur Mündung.

Arbeit und Feste, Orte, Gesichter, Geschichte, Tage, Reisen und Häuser, Treue und Abschiede – all dies trieb gleichgültig dahin auf dem ungeheuerlichen Gedankenfluß, der sich nur kurz vor den Katarakten, den Ereignisfällen, beschleunigte, um dann wieder mit schillernden Reflexen ungerührt dahinzuströmen.

Verwirbelt tauchten die wunderbaren und traurigen Dinge auf, Lebensgüter, wie zerbrochene Teile eines Mobiliars, das aus stattlichen Häusern gespült wurde, kurz erschienen sie taumelnd an der Oberfläche, dahingeschwemmt leuchteten sie auf, phosphoreszierten wie Häupter ertrunkener Flußgötter, dann wurden sie wieder untergespült, in die Strömung gezogen und weiter sinnierend zermalmt; es war dieser breite, lehmfarbene Fluß, in dessen Schnellen immer mehr Unrat tanzte. Unvermeidlich würde bald auch das Liebste und Geheimste, das er besaß, gleich mit dem übrigen Bruch an die glitzernde Oberfläche aufgetrieben, bis ihn irgendwann der Gedankenfluß endgültig von jeder realen Vergänglichkeit abgeschnitten hätte.

Das Schlimme, das vielleicht sogar Unmenschliche war, daß dieser Strom einfach alles verschlang und daß er ihm niemals auch nur für eine Sekunde entsteigen konnte, daß ihm sogar Geburt und Verlust des GEDANKENs, *sein* Abenteuer, *sein* Kummer näher waren, ihn tiefer bewegten als irgendein Ereignis im wirklichen Leben. Es hatte ihm alles nur zur Gedankenvermehrung gedient.

Zuerst hatte er nichts mehr berühren wollen, dann nichts mehr benennen können. Er war vor den Dingen zu den Wörtern geflohen, dann von den Benennungen zu den Beziehungen, die die Wörter untereinander herstellen. Was ihm begreiflich war, hatten die Wörter unter sich zusammengefügt und ihm zu verstehen gegeben. Menschen, Handlungen und Gegenstände verloren ihre festen Umrisse, er sah nur noch Flecken und Hupfer, und statt einer Gestalt oder eines Charakters, in zeitliche oder biografische Kontinuität gefaßt, bemerkte er ein Bewegungsmuster von ziellosen, sprunghaften Veränderungen sowohl seiner Umgebung wie seiner inneren Konzepte. Jede Fähigkeit, eine stetige Abfolge zu begreifen, war ihm zerstört. Aber war es eine Zerstörung? War es nicht vielmehr das Vordrängen eines anderen, unterdrückten Sinnesvermögens, das keine Erklärungen, Zusammenfassungen, Schlüsse erlaubte und das ihn zu einer Station für ein unausgesetztes Gewärtigen umrüstete?

Er selbst hielt sich an das Wort ›gewärtigen‹, das dem Gebrauch nach soviel wie ›gefaßt sein auf‹ bedeutet, jedenfalls etwas zwischen ›erwarten‹ und ›vergegenwärtigen‹, eine besondere Form der Präsenz, eigentlich die Aura vor dem Ereignis, die oft nur ein Mensch mit spezieller Witterung und krankhafter Schwäche wahrzunehmen gezwungen wird.

Man erinnert sich bei dieser Gelegenheit vielleicht der Passage im *Idioten* von Dostojewski, in der es heißt: »›In diesem Moment‹, sagte er (der Fürst) einmal in Moskau zu Rogoschin, während ihrer dortigen Zusammenkünfte, ›in diesem Moment wurden mir auf irgendeine Weise die merkwürdigen Worte verständlich, daß es *keine Zeit mehr geben wird.* Es ist wohl dieselbe Sekunde‹, fügte er lächelnd hinzu, ›im Laufe welcher das Wasser aus dem umgestürzten Kruge des Epileptikers Mahomet nicht Zeit herauszufließen hatte, Mahomet aber mit dem Besichtigen aller Wohnstätten Allahs fertig wurde.‹«

Jede Stunde besitzt derart eine Lücke, durch die – bei unglücklichem Verlauf – die ganze Zeit abstürzen könnte. Das Gewärtigen begleitet eine konstante Bereitschaft für das Entsetzen; es ist etwas, das man das selbständige, der Angst entwendete Haarsträuben nennen könnte, ein andauernd elektrisierter Schopf; etwas, das angstlos empfunden wird, da es stetig im Anzug ist, das Bevorstehende kurz vor Beendigung seiner Ungewißheit, das sich in fruchtbarer Fülle bis auf den Scheitel hinabwölbt und mit unbekannter Geschwindigkeit seinen Vorrat an Aufschub verzehrt.

Selbstverständlich gibt es keine *bloße* Gegenwart, und selbst der reinste oder mystische Augenblick bricht aus der Tiefe der Vergangenheit hervor, der geschichtlichen Erfahrungswelt, aber eben als versprengter Klumpen, nicht als logische Kette, und sein Verglühen im Jetzt ist sein Einleuchten.

Es ist daher wichtig, auf das Versprengte in jeder Sache oder Handlung zu achten, auch wenn sie scheinbar noch so kausal, zusammenhängend, schlüssig sich darbietet. Ein wesentlicher Trug unserer Erfahrungs- und Sinneswelt besteht darin, daß sie eine kreatürliche Tendenz besitzt, stets mehr Ordnung, auf Anhieb größere Schlüssigkeit und Kontinuität herzustellen, als tatsächlich vorhanden ist. Eine Prägnanztendenz hat man diesen ausgeprägten Ordnungssinn oder Ordnungswahn unserer Kognition genannt. Das Bewußtsein will sich etwas merkbar machen und überzieht ein gestaltloses oder ein gestaltoffenes Ding mit schnellen, festen Umrissen. Das Gewärtigen hingegen, das allein dem Vergessen zuliefert, beläßt es bei dem Gespür für das vorereignishafte diffuse Geschehen, für die unfertige Gestalt. Für Nebel und Wolken in allen Erscheinungen, den festen wie den flüchtigen.

Auf einer Bank in den Stadtgärten saß ein Mädchen auf dem Schoß ihres Freunds, und sie küßten sich. Noch mit dem Atem der Liebkosung brachen plötzlich aus seinem

Mund die derbsten Schimpfworte hervor. Er brüllte die Umarmte an und stieß sie von sich, schalt noch auf die am Boden sich zusammenraffende Freundin ein, als hätte sie im Flirt mit einem lästerlichen Flüsterwort seine Ehre oder die seiner Familie gekränkt. Aus dem geschmiegten Rund eines harmlosen Liebespaars war jetzt ein Zelot, ein militanter Fanatiker aufgesprungen, der eine anmaßende Abrechnung hielt mit einem unbeschwerten Mädchen wegen eines leichtsinnigen Worts.

Wie konnte es sein, daß einer, der eben seine Geliebte umfangen hatte, sich hinreißen ließ, ihr solche Grobheiten zu sagen? Da sie ihn ja offenkundig nicht als Liebhaber, sondern als »Andersgläubigen« gekränkt hatte. War er der Umschwünge seiner zwischen Mann und Eiferer geteilten Leidenschaft nicht mehr Herr? Das Böse wirkt mehr noch in der Instabilität der Gefühle als im Haß als solchem.

Nichts gab es, das er mehr zu fürchten hatte als die commutatio mentis, den plötzlichen Aufstieg des Ungeistes aller durch ihn hindurch; was aus allen hervor wollte, aber durch ihn allein, durch diese schwächste Membran der Allgemeinheit, seinen schrecklichen Austritt fand.

Wird man nicht auch die Moral noch digitalisieren, so daß wir Gut und Böse nicht mehr in Großformaten, sondern in feinsten Trennschärfen, mit engsten, raschesten Entscheidungsstößen sondieren?

Wege, die aus der Vergangenheit zu uns führen, verschüttete, asphaltierte oder mit Asche bestreute: hier wäre es von Nutzen, jede Richtung in Wegscheiden zu unterteilen. Heimat gut – Xenophobie schlecht. Hier muß man im vermeintlich Einen die Gabelung zwischen Gut und Böse freilegen.

In der Dämmerung ging er, sein Kind rief ihn von der anderen Straßenseite, da er den Kopf zu sehr auf die eigenen Füße gesenkt hielt und es an der Hand der Kinderfrau nicht bemerkt hatte.

So wie es mit einem Schrei anwesend war, ihn aus seinen Gedanken gerissen hatte bei seiner Geburt, dieses zutiefst unverhoffte, verkauerte Wesen mit dem entsetzten Gesicht, das die Hebamme plötzlich in die Luft hielt. Der Anblick war so unwahrscheinlich, so fremdweltlich, daß ihm vor Ehrfurcht Zeit und Raum entschwanden.

Wenig später war er mit dem neuen Menschen allein. Er lag in seiner Geburtsschmiere nackt unter einem Wärmestrahler, und er begrüßte ihn, so gut er konnte, in dieser Welt und legte ihm gleich ans Herz, über diese zu lachen und wenn er nichts zu lachen fände, am besten selber ein Komödiant zu werden, etwas Vernünftigeres ließe sich hier wohl nicht anstellen. Das Neugeborene schrie nicht. Es öffnete die Augen und versuchte den Schleier davor zu der Stimme hin zu öffnen. Sie half ihm, einen ersten Ort in diesem universellen Trug auszumachen. Über das kleine Gesicht floß nun ein Film der unterschiedlichsten, nur ›angespielten‹ Gefühle; das Heulen lag nah, das Lächeln lag nah, der Zorn und die Trauer, die Qual und die Genügsamkeit. Doch bei keiner Regung hielt es an. Wo war der Beginn, wo sollte die Unschuld liegen? Das Neugeborene probte mit vielem glissando alle Regungen der sozialen Kontaktaufnahme.

Zweifellos befanden sich darunter auch Bosheit und Verschlagenheit. Die beiden sprachen miteinander. Der Ankömmling war ganz still und innerlich immerzu in Bewegung. Er hatte so große Ohren und Finger so lang und fein, wie sie zu Vampiren oder Pianisten gehören.

Keineswegs machte er den Eindruck, Unglück zu erfahren oder Hilflosigkeit. Er war Arbeiter, vor allem anderen: Arbeiter. Übte, sonderte, sondierte, schaffte, ob im Traum oder im Wachen. Kein Spiel war das. Die Augen waren noch reine Höraugen, wobei Hören die diffuse Achtsamkeit auf inneres wie äußeres Geschehen bedeutete. Die Finger, die sich dazu bewegten oder die Arme in gezackten Kurven, knüpften in ihrer bloßen Aktivität am Hirnnetz und bauten unablässig an dem kolossalen und labyrinthischen Gewebe des Verstehens.

Aus dem Hintergrund trat die Hebamme zu ihnen und übernahm das Kind, das sich bis dahin still geregt hatte, zu seiner Stimme, zu seinen Worten hin, wie eine Blüte zum Licht; es hatte ihm ja schon sein ganzes Wesen gezeigt. Sie nahm es und wickelte es. Sie legte ihm den kleinen genormten Strampelanzug an, der seine absolute Nacktheit für immer beendete. Sie nahm es fort und übergab es allen anderen. Ihm schien: sie belegte es mit einer unvernarbbaren Wunde. Dies Wickeln war ein Schneiden.

Wir ehren nicht gebührend das fremde, herüberkommende Wesen, das noch anderen Mächten nachlauscht, die es zur Welt brachten. Begrüßt wird der Nach-Wuchs, der eigene und zugehörige, nicht der plötzlich Eintretende, den wir nicht kennen. Er wurde aus unendlicher Weisheit vertrieben. In Wahrheit haben wir keinerlei Zugang zu der realen Verschwommenheit, aus der unser Bewußtsein hervorgeht. Wir pressen unser Verstehen in eine uns unzugängliche Welt.

Soviel er auch sah und suchte: er fand es nicht, das Kleine, das Hilflose. Er sah vielmehr: von Stufe zu Stufe umgab das Kind *seine* komplette Welt. In ihr war es der Bestangepaßte, was das Verhältnis von Können und Wollen betraf. Ging nicht also Entwicklung von Rund zu Rund, von Fertigsein zu Fertigsein, war nicht jede Etappe ein kleiner Kosmos für sich, eine kleine geschlossene Weile, ein jeweils angemessenes Verstehen und Wahrnehmen der Welt, das so lange beibehalten wurde, bis sich gewisse Unstimmigkeiten einstellten? Von solchem Rund zu Rund schreitet man später weiter, etwa: von einer Illusion zur nächsten.

Eines Abends hatte er im Selbstversuch die letzten Millimeter überwunden. Die Sonde war nun eingedrungen, der Gedanke stand im Herzen und maß den Druck der Unvernunft. Er ging hinaus und beobachtete die großen Verwehungen am Himmel, ungeheure Fahrten kurz vor Sonnenuntergang, ein Himmel, der wie das Spiegelbild, auf den Kopf gekehrt, von einem anderen erschien, den man nicht sah, und die langen Wolken, Schleifen, Schlieren, Federn mußten rückwärts zum Beginn der großen Sprengung ziehen. Sie hielten einen Einschluß von blankem Äther, ein Wolkenloch, das sich wie ein alpiner See erstreckte, rasch die Farbe änderte, von Honiggelb bis hochentzündet Rot . . .

Friedlich wie vordem lag der Abend auf den Uferhöhen, das Licht hob seinen Schweigefinger, so daß auch im Unruhigsten der Tag sanft ausklingen mußte.

Die Dämmerung sank in die Ebene ein, alle Farben wurden fahl, bis dann das Land der jungen Mandelblüten ganz unter rosa Rauhreif lag. In der Steinbruchgrube und über ihrem Rand jagte sich ein Pärchen Mauersegler.

Es kichzte, küßte sich im Flug. Dann stach es wieder auseinander, als wollten beide sich für immer fliehen. Doch gleich, beinahe ohne Ankommen, waren sie von fern zurück, glitten, pfeilten durch den Dämmer und spannten mit Sich-Kreuzen und Entfernen ein Netz der Lust, während über dem Steilhang zur Kapelle der Regenmacherin die Sonne gewaltig still und altgelb niederging. Da trat der rauchige Abend auf einmal in die Symmetrie zur Morgenfrühe, die gleichermaßen kühl und fahl beginnt, und man hätte gerade erwacht sein können, wäre die Sonne nicht den verkehrten Weg gezogen. Im aufblassenden Grau des Himmels erschien die lange Dünung, kleine Wellenfalten, die gleichen, die das Wasser in den Schlick gräbt, der Wind über den Sand wirft, so sanft, so tuchen und gedämpft, mit Maserungen, die zart und ungestalt wie farbige Cremes ineinanderliefen, mattblau und silbernes Türkis ... der lange Sog des Sonnenuntergangs löste Fetzen aus den Wolken, die wiederum zum Keil verwehten, einer Phalanx angehaltener Stare ähnlich oder wie ein einziger aus Dampf geformter Riesenvogel, der reglos schwebte ... Aber welcher Himmel wäre so grau, daß er nicht am Ende noch errötete, den freundlichen Ocker, ein irdenes Licht aufsteigen ließe? Danach noch einmal erhöhte sich die Tönung, verdickte, wurde kobaltblau, bunt begann die Nacht.

Botho Strauß im dtv

»... ein Erzähler, der für Empfindungen der Liebe Bilder von einer Eindringlichkeit findet, wie sie in der zeitgenössischen Literatur ungewöhnlich sind.«
Rolf Michaelis

Marlenes Schwester
Zwei Erzählungen
dtv 6314

Die Widmung
Eine Erzählung
dtv 10248

Paare, Passanten
dtv 10250

Kalldewey
Farce · dtv 10346

Der Park
Schauspiel · dtv 10396

Trilogie des Wiedersehens
Groß und klein
dtv 10469

Rumor
Roman · dtv 10488

Die Hypochonder
Bekannte Gesichter, gemischte Gefühle
dtv 10549

Der junge Mann
Roman · dtv 10774

Die Fremdenführerin
Stück in zwei Akten
dtv 10943

Niemand anderes
dtv 11236

Besucher
Komödie
dtv 11307

Kongreß
Die Kette der Demütigungen
dtv 11634

Die Zeit und das Zimmer
Sieben Türen/Bagatellen
Theaterstücke
dtv 12119

Wohnen Dämmern Lügen
dtv 12274

Schlußchor
Drei Akte
dtv 12279

Beginnlosigkeit
Reflexionen über Fleck und Linie
dtv 12358

Diese Erinnerung an einen, der nur einen Tag zu Gast war
Gedicht
dtv 19007

Rafik Schami im dtv

»Meine geheime Quelle ist die Zunge der anderen. Wer erzählen will, muß erst einmal lernen zuzuhören.«
Rafik Schami

Das letzte Wort der Wanderratte
Märchen, Fabeln und phantastische Geschichten
dtv 10735

Die Sehnsucht fährt schwarz
Geschichten aus der Fremde · dtv 10842
Erzählungen vom ganz realen Leben der Arbeitsemigranten in Deutschland.

Der erste Ritt durchs Nadelöhr
Noch mehr Märchen, Fabeln & phantastische Geschichten · dtv 10896

Das Schaf im Wolfspelz
Märchen & Fabeln
dtv 11026

Der Fliegenmelker und andere Erzählungen
dtv 11081
Geschichten aus dem Damaskus der fünfziger Jahre. Im Mittelpunkt steht der unternehmungslustige Bäckerjunge aus dem armen Christenviertel, der Rafik Schami einmal gewesen ist.

Märchen aus Malula
dtv 11219
Rafik Schami versteht es, in diesen Geschichten den Zauber, aber auch den Alltag und vor allem den Witz und die Weisheit des Orients einzufangen.

Erzähler der Nacht
dtv 11915
Salim, der beste Geschichtenerzähler von Damaskus, ist verstummt. Sieben einmalige Geschenke können ihn erlösen. Da schenken ihm seine Freunde ihre Lebensgeschichten...

Eine Hand voller Sterne
Roman · dtv 11973
Alltag in Damaskus. Über mehrere Jahre hinweg führt ein Bäckerjunge ein Tagebuch...

Der ehrliche Lügner
Roman · dtv 12203
Der weißhaarige Geschichtenerzähler Sadik erinnert sich an seine Jugend, als er mit seiner Kunst im Circus India auftrat. Und an die Seiltänzerin Mala, seine große Liebe...

T. C. Boyle im dtv

»Aus dem Leben gegriffen und trotzdem unglaublich.«
Barbara Sichtermann

World's End
Roman · dtv 11666
Ein fulminanter Generationenroman um den jungen Amerikaner Walter Van Brunt, seine Freunde und seine holländischen Vorfahren, die sich im 17. Jahrhundert im Tal des Hudson niederließen.

Greasy Lake und andere Geschichten
dtv 11771
Von bösen Buben und politisch nicht einwandfreien Liebesaffären, von Walen und Leihmüttern...

Grün ist die Hoffnung
Roman · dtv 11826
Drei schräge Typen wollen in den Bergen nördlich von San Francisco Marihuana anbauen, um endlich ans große Geld zu kommen.

Wenn der Fluß voll Whisky wär
Erzählungen · dtv 11903
Vom Kochen und von Alarmanlagen, von Fliegenmenschen, mörderischen Adoptivkindern, dem Teufel und der heiligen Jungfrau.

Willkommen in Wellville
Roman
dtv 11998
1907, Battle Creek, Michigan. Im Sanatorium des Dr. Kellogg läßt sich die Oberschicht der USA mit vegetarischer Kost von ihren Zipperlein heilen. Unter ihnen Will Lightbody. Sein einziger Trost: die liebevolle Schwester Irene. Doch Sex hält Dr. Kellogg für die schlimmste Geißel der Menschheit...
Eine Komödie des Herzens und anderer Organe.

Der Samurai von Savannah
Roman
dtv 12009
Ein japanischer Matrose springt vor der Küste Georgias von Bord seines Frachters. Er ahnt nicht, was ihm in Amerika blüht...

Tod durch Ertrinken
Erzählungen
dtv 12329
Wilde, absurde Geschichten mit schwarzem Humor. Geschichten, die das Leben schrieb.